엔지니어 파워 업

엔지니어 1인 기업으로 일하기

엔지니어 파워 업

강 태 식 지음

Engineer Power Up

좋은땅

　직장에 다니는 사람은 한 번쯤은 본인의 사업을 꿈꾼다. 지금 다니고 있는 직장이 제조업 관련 일에 본인이 하는 일이 사회에서도 승산이 일이라고 생각한다면 더욱더 그렇다. 통계청 자료에 따르면 1인 창조 기업은 2013년 7만 7,009개에서 2019년에는 28만 856개로 집계됐다. 6년간 약 4배가 증가했다. 그만큼 이제는 혼자서 혹은 소수로 일하는 것이 많아졌다는 의미다. 한편의 우울한 면으로는 2018년 기준 신생 기업의 1년 생존율은 63.7%, 5년 생존율은 31.2%였다. 다시 말하면 2017년 창업한 기업 중 36.3%가 1년 후엔 폐업했고, 2014년을 기준으로 말한다면 세 곳 중 한 곳만이 2018년까지 살아남았다는 뜻이다. 결국, '소기업의 70%는 5년 이내에 망한다.'가 시장의 법칙인 셈이다. 현실이 이럼에도 불구하고 사람들은 회사에 다니는 것보다 자유롭게 일하는 것을 꿈꾼다. 나도 그런 사람에 속한다. 기계공학을 전공했고 그 분야에서 일했고 회사를 나와서도 직장에서 했던 업무로 밥을 먹고 산다. 그리고 운 좋게도 폐업하지 않고 살아 있다. 일반적으로 사람들이 말하는 자영업의 입장이 아닌 그 분야의 전문가 소리를 들으면서 사업을 한다는 것은 상대적으로 생존율이 높다. 그렇지만 하루하루를 돌아보면 아직도 살얼음판이다. 우리도 자영업자처럼 한 달 한 달의 수입을 걱정해야 한다. 그럼에도 끝까지 나만의 특별한 기술로 버티는 것이다.

2019년에 나온 첫 번째 책은 이공계 학생을 위한 책이었다면 이 책은 그 연장선상으로 졸업 후의 직장 이야기와 사업을 위해서 그 직장에서 어떤 것을 준비해야 하고 나와서는 어떻게 사업을 해야만 하는지, 또 그 사업을 하면서 미래의 어떤 것을 준비해야 하는지를 썼다.

이 책은 3부로 구성되었다. 1부는 공대를 나와서 공장에서 엔지니어 생활을 하면서 느꼈던 이야기다. 직장에서의 하는 모든 일은 사업을 하면서 어떤 형식으로든 도움이 된다. 한마디로 '회사는 좋은 학교다.'라고 말할 수 있다. 어떻게 현재 이 자리까지 오게 되었는가에 대한 개인적인 경험을 쓴 글이지만 현재 직장에서 생활하는 모든 엔지니어가 공감하는 이야기라고 생각한다.

2부는 회사를 나와서 혼자서 또는 여럿이서 일하면서 이것만큼은 조금 주의해야 하지 않겠나? 혹은 이렇게 하는 것이 어떻겠나? 하는 경험을 적었다. 혼자서 사업을 한다는 것은 돈도 돈이지만 상대적으로 많은 시간을 자기 자신과 사이좋게 노는 방법을 배워야 한다. 이 장은 기본적으로 회사에서 배운 기술로 혼자서 사업을 하는 이야기다. '페르소나'라는 한 단어로 요약할 수 있다. 모든 일은 대표라는 역할 가면을 쓰고 일하는 것이다.

3부는 현재 일에서 나이가 들어감에 지금의 직업을 어떤 부분으로 확장해 나갈 것인가를 고민하는 이야기다. 나이가 들면 지금 이 일을 하고 싶다고 계속할 수 있는 것은 아니다. '시그모이드 곡선'을 그려 보라고 말하고 싶다. 수학의 그래프 중에 '시그모이드 곡선'이 있다. 개인이든 기업이든, 정점에 오르기 직전에 새로운 곡선을 그려야 한다는 것이 키포인트다. 지금 잘나갈 때 하나의 변곡점을 더 만들어야 한다. 나이가 들어감에 따라 자연스럽게 지금의 분야에서 조금씩 빠져나가야 한다.

이 책은 단편적으로는 나처럼 직장 생활을 그만두고 조그맣게 사업을 하려고 생각하고 있는 사람들을 위해서 썼다. 그렇지만 직장을 다니면서 업무나 인간관계를 고민하는 사람들도 읽어 보면 본인의 처지가 그리 나쁘지만은 않다는 생각이 들것이다. 마지막으로 지금 본인의 사업을 하면서 미래를 걱정하는 사람들에게도 작은 도움이 될 것이다.

차례

2부 엔지니어가 혼자서 사업하기

3부 '그리고' 다음은 어떤 직업으로 채울 것인가?

1부
되돌아보는 직장 생활

첫 직장의 추억

우리는 '첫'이라는 단어에 애착이 많은 듯하다. 그래서인지 몰라도 우리는 자주 '첫 직장'이야기를 많이 한다. 그만큼 첫 직장은 애착과 추억이 많은 곳임을 부정할 수 없다. 첫 번째 직장의 추억은 누구에게나 있다. 학교라는 곳을 마치고 처음으로 사회생활을 시작하는 곳이다 보니 그때 같이 일하고 만났던 사람들은 다른 사람보다 애착이 가는 것도 당연하다. 누구나 그렇듯이 첫 직장은 누구보다 열심히 해 보려고 노력했고 노력의 한계도 알았고 사람 간의 생각이 다를 수 있다는 것도 알게 해 주었다. 힘들었지만 젊었기에 가능했던 그 기억은 이제 추억이 되었다. 첫 직장이 중요한 이유는 다음 직장을 선택할 때의 기준이 된다는 점이다. 또 하나는 첫 직장에서 배운 일에 대한 자세와 업무 태도가 직장 생활을 하는 동안 계속된다는 점이다.

졸업 전에 직장을 가는 행운을 누리다

첫 회사는 자동차에 들어가는 모터를 만드는 회사였다. 나는 학교를 졸업하기도 전에 취직을 했으니 졸업 후 한참 동안 구직활동을 하는 남들보다 상대적으로 운이 좋은 편이다. 회전하는 모터를 만드는 회사에서는 어떻게 하면 소음이나 진동이 작으면서 완벽한 성능을 내는 제품을 만들어 내느냐가 관건이다. 회전하는 기계는 당연히 소리가 나는 것이지만 귀에 거슬리는 소리는 품질 문제로 이어진다. 첫 번째 회사도 그랬다. 모터가 혼자 작동해도 소리가 나는 마당에 탱크라는 울림통 안에 있으니 더 크게 울리는 현상이 발생한다. 그리고 그것은 고질적인 클레임으로 회사에게 손해를 끼치고 있었다.

　내가 처음 들어간 직장에서 맡은 업무는 소음진동 실험이었다. 회사에서 나를 뽑은 이유는 여러 가지가 있겠지만 그중에 하나는 단지 내가 오실로스코프라는 계측기를 다뤄 봤다는 이유와 대학원을 나왔으니 조금 다를 거라는 막연한 믿음으로 나를 채용했을 것이라고 생각한다. 사실 소음, 진동이라는 과목이 지금도 그렇지만 그 당시에도 기계공학에서는 가장 꺼리는 분야였다. 우선 과목에 수학식이 많고 사인, 코사인 같은 삼각함수의 연산이 많아서 그렇다. 무엇보다도 눈에 보이지 않는 진동이나 소리를 눈에 보이게 시각화해서 설명한다는 것은 쉬운 일이 아니다. 그렇기 때문에 그 당시에는 이 분야의 사람이 거의 전무했다. 사람도 적은 데다가 대부분 전공한 사람들은 대기업으로 취업을 하니 일반 중소기업에서는 전공자를 찾기가 더 어려웠다. 게다가 측정 장비가 고가였기 때문에 장비를 사 놓고 사람을 키웠는데 나가 버리면 그 장비는 어쩔 수 없이 쓸모없는 장비가 되어 버리는 경우도 많았다.

　소음 진동 해결을 위해서 회사에서 나를 뽑았지만, 연구소 규모가 작아서 마땅히 배정받을 부서가 없었다. 내 기억으로는 간판만 연구소지, 관리직 인원이 통틀어 30여 명 정도였다. 설계, 생산기술, 품질, 구매, 공무부서가 한 건물을 썼다(지금은 연구소 설계 인원만 100여 명으로 성장한 중견기업 이상이 되었다). 그러다 보니 나에게 그 분야를 가르쳐 줄 사람이 없었다. 그냥 혼자서 공부하고 실험해 보고 장비 다뤄 보고 그럴 수밖에 없었다. 다행히 나를 뽑은 임원은 나에게 전폭적인 지지를 보냈다. 덕분에 사외교육이나 전문가 교육으로만 보낸 시간이 1년에 절반은 되었다. 모르니 교육을 가야 하고 알고 나니 좀 더 깊은 교육을 받아야 했다. 그 당시 우리나라에 있는 교육은 거의 다 받을 정도로 떠돌아다녔다. 이 분야의 교육비는 적은 금액이 아니다. 내가 받은 첫 월급은 90만 원으로 기억하는데 교육비가 60만 원짜리도 있었다. 회사는 일주일에 하루 이틀 출근하고 교육을 받고, 학술 발표에 가서 듣고 모르는 것 질문하고 그런 생활이 거의 반년이었다. 지금 생각해 보면 나를 시기하는 사람도 분명히 있었을 것이다. 회사도 바쁜 마당에 신입 사원을 뽑았더니 일은 안 하고 외부로만 나가니 좋게 보이지는 않았을 것이다.

그런 눈치를 무시하고 1년 정도 지나니 어느 정도 감이 잡혔다. 소음 진동이라는 것이 왜 발생하는지, 어떻게 해야 하는지가 눈에 들어오기 시작했다. 그리고 남들이 고민하던 문제를 하나하나 풀어 가면서 설명이 가능하고 대외적으로 발표할 자료도 주먹구구식이 아닌 약간의 전문가 티가 났다. 소위 '소음 진동'이 눈에 보이기 시작한 것이다. 움직이는 제품의 소음을 줄인다는 것은 원천적으로 해결이 불가능하다. 물리적으로는 불가능하지만 왜 그러는지, 어떻게 하면 줄일 수 있는지를 고객의 입장에서 설명해서 이해시키는 것도 하나의 해결 방법이다. 물리적인 해결 못지않게 심리적으로 이해 시켜 불안감을 조금이나마 없애 주는 것도 하나의 해결 방법이다.

출장도 체력이 받쳐 줘야 가능한 일이다

어느 일정 수준에 올라왔을 때 본격적으로 업무 출장을 다니기 시작했다. 하루를 멀다하고 부산에 출장을 갔다. 한 번 가면 짧게는 이틀, 많게는 4일 정도였다. 처음에는 부산 음식이 입에 안 맞아서 힘들었지만 역시 사람이 먹고사는 것은 비슷했다. 3개월 정도 출장 다니니 무슨 음식이든지 좋았다. 그때 재미있는 기억이 있는데 그 당시 부산의 르노삼성자동차가 있는 하단 근처에 모텔이라는 모텔은 안 가 본 데가 없을 정도였다. 나중에는 가장 마음에 드는 모텔 하나를 골라 회사에서 출장 가는 동료들은 아예 그 모텔을 이용하기도 했다. 그러는 도중 일본에 6개월 장기 출장을 갔다. 한국 LPG 자동차에 들어가는 부품을 개발하기 위해서였다. 일본의 모기업은 상용화는 아니지만 그런 개조기술을 가지고 있었고 개조 후에 모든 제반 실험을 할 수 있는 실험실을 갖추고 있었다. 일본말은 거의 못 했지만 내가 일본에 장기 출장을 가게 된 것은 재미있게도 남보다 조금 더 많은 한자를 읽고 쓸 줄 안다는 이유였다. 역시 타국 생활은 쉽지 않았다. 그렇지만 다른 문화를 안다는 것과 무엇보다도 자동차 전체를 개조하고 실험까지 해 볼 기회를 가졌다는 것이 나에게는 큰 자산이 되었다.

일본 출장 덕분에 결혼은 예정보다 몇 개월 늦게 했다. 바빠서 결혼식장도 아내가 예약하고 신혼여행지도 아내가 잡고(사실 나는 신혼여행 갈 때까지 목적지도 안 물어 봤다.) 모든 결혼 준비는 아내가 했다. 나는 같이 살 아파트 하나 얻은 것 빼고는 한 것이 없다. 그래도 일본 출장 간다고 체류비도 주고 한국에서의 월급도 따로 받으니 6개월간 받은 돈이 상당했다. 학교 졸업 후 아무것도 없는 나에게 그나마 작은 아파트 전셋값이라도 모을 수 있었던 것이 이 긴 출장 덕분이었다. 일본 출장 후 한국에 복귀하니 진짜로 살인적인 일정이 기다리고 있었다. 우선, 그 제품을 한국에 적용하기까지 긴 시간이 걸렸다. 거기에다가 제품을 개발하겠다고 했으니, 각종 회의에 지금까지 내가 해 왔던 소음 진동 업무도 같이 해야 해서 일주일에 3, 4일은 출장을 갔다. 주말에는 일본에 업무 출장도 자주 갔다. 젊었기 때문에 그나마 체력이 버텨 준 것 같지만, 그래도 그 당시에는 편도선이 자주 부어서 병원에 입원한 적이 몇 번이나 있었다. 그래서 수술을 할까 고민하던 중에 의사가 말하길 "당신은 컨디션이 안 좋으면 편도가 먼저 붓는 사람이니 부으면 '아 무리하면 안 되는구나.'라고 생각하고 조심해라."라고 했다. 첫 직장의 기억은 대강 그랬다. 젊었고, 그렇기 때문에 도전했고, 하나둘씩 문제를 해결하면 기분이 좋았고, 사람 간에 우정도 있었지만 반대로 실망도 하면서 성장했다. 거기에서 결혼도 했고 아이도 낳았고 몸을 너무 혹사해서 병원에 입원도 몇 차례 해 봤다. 첫 직장 5년여 기간 동안 많이 배우고 그 분야에 대해 알 수 있었던 기간이었다. 아무것도 모르는 나를 가르치고 월급 주고 하는 회사에 감사했다. 서두에 말한 것처럼 첫 직장은 다음 직장을 선택하는 기준이 되었고 지금도 그 일이 나에게는 사업의 한 분야가 되니 글을 쓰는 이 시점에서 한 번 더 감사하게 된다.

신입 사원 때의 열정

일반적으로 회사에서는 하루 8시간 근무를 한다. 그 가운데 1시간 점심시간을 빼면 7시간이다. 1년에 240일을 근무하고 시간으로 따지면 52,800시간이다. 10년을 일한다고 하면 52만 시간이다. 최소가 52만 시간이다. 그렇지만 실제로는 8시간만 일하는 것이 아니다. 하루에 10시간은 기본이고 일이 많을 때는 회사에서 더 많은 시간을 보낸다. 단지 돈을 벌기 위해서 회사를 다닌다고 생각하면 지루하기 그지없는 시간이다. 10년 동안 적어도 52만 시간을 버티려면 최소한의 뭔가가 있어야 한다. 내가 생각하는 최소한의 그것은 바로 열정이다.

출근은 있지만 퇴근은 없다

첫 번째 직장은 기숙사가 두 종류였다. 하나는 사내기숙사로 생산동에 가까운 식당 2층에 있었다. 대체적으로 생산직군들이 4인 1실로 썼다. 2층 침대가 두 개, 책상이 두 개, 옷장이 한 개였다. 텔레비전이나 냉장고는 기숙사 중앙 로비에 있었다. 어찌 보면 잠만 자는 공간이었다. 그 당시 생산직은 주야간 교대근무여서 두 명이 출근하면 두 명이 퇴근하는 꼴이니 평상시는 두 명씩 쓰게 되어 있다. 또하나는 타지에서 온 직원을 위한 사외기숙사가 있었다. 작은 아파트 몇 채를 얻어 두어 명이 아파트에서 기숙할 수 있었다. 차로 회사까지 20~30분 정도면 출퇴근이 가능한 거리인 아파트였다. 나는 차도 없고 해서 사내기숙사를 사용했다. 회사에서는 아직 결혼 안 하고 젊은 사람들이 사용할 수 있게 관리직들을 위해 사내기숙사 중 방

3개 정도를 할애해 줬다. 잠만 자는 기숙사 생활이라는 것도 사람들이 생활하는 공간이라 일을 마치고 들어와 밤 10시쯤에는 큰 로비에 모여 이야기도 하고 TV도 같이 보곤 했다. 기숙사에는 공동 샤워실이나 세탁실도 있었다. 회사는 아침부터 저녁까지 식사를 제공했다. 심지어는 일하다가 배고프면 밤 12시가 생산직 식사시간이기도 해서 그 시간에 식당에서 밥을 먹을 수도 있었다. 아무래도 회사와 잠자리가 가까이 있다 보니 아침에 출근하면 퇴근 시간에 돌아오는 게 아니라 일을 다 하고 돌아오는 시간이 계속된다. 그리고 기숙사에 와서도 딱히 할 일이 없으니 그냥 늦게까지 사무실에서 일하곤 했다. 첫 직장 5년은 직장 생활을 하면서 가장 일을 많이 한 시간이었다. 지금도 별반 다르지 않다고 생각하지만 그 당시 제조업은 출근 시간은 있지만 퇴근 시간은 없는 시절이었다. 아침에 일어나서 기숙사 식당에서 밥 먹고 걸어서 5분 정도 되는 사무실에 가서 그냥 내가 원하는 만큼 일하다가 지치고 피곤하면 5분 걸어서 기숙사 와서 샤워하고 자는 게 일상이었다. 우스갯소리로 "좀 쉬었다 올게요."라고 할 정도였다. 그때는 기숙사에 왔다가 번뜩이는 아이디어가 있으면 다시 사무동 실험실로 가서 실험해 보고 보고서 쓰다가 다음 날 해 뜨는 것도 보곤 했다. 회사가 생긴 지 얼마 안 되고 직원들의 평균 연령이 서른다섯이 안 되는 젊은 회사였다. 모두들 활기 넘치고 일에 대한 열정도 대단했다. 그리고 연구소는 어느 정도 자유가 있었다. 새벽까지 일하고 오전에는 기숙사 와서 쉴 수도 있었다. 아침에 출근할 때 슬리퍼를 신고 간 적도 많았다. 일에 대해서는 열심히 하지만 다른 것들에 대해서는 어느 정도의 여유가 있었다. 사실 그런 분위기에서 일을 한다는 것은 더 창의적일 수 있다. 일에 대해 더 신경을 쓸 수 있었기 때문이다. 이런 분위기도 같은 또래의 젊은 동료들이 많아서 가능했다. 지나고 보면 그 당시의 그런 행동들이 나중에는 내 자신에게 많은 도움이 되었다. 나에게 맡겨진 일은 혼자서 어떻게든 해결한다는 그런 생각을 기본적으로 하게 되었다는 것이다. 나중에 더 확실히 알게 된 점이지만 일은 역시 혼자서 하는 것이었다. 남은 내 일을 해 주지 않는다. 내일은 내가 끝까지 책임지고 혼자서 하는 것이다.

보고서도 능력이다

회사 생활은 당연히 일도 일이지만 보고서 쓰는 것도 큰 몫을 차지한다. 학교에서는 엑셀은 계산용으로만 쓴다고 알고 있지만 사실 엑셀은 엄청난 기능을 가지고 있다. 모든 보고서는 엑셀로 작업이 될 정도다. 오죽했으면 '엑셀은 보고서 쓰는 워드다.'라는 말이 있을 정도다. 보고서를 엑셀로 쓰는 이유는 무엇보다도 직업의 특성에 있다. 엔지니어답게 보고서는 표와 그래프 위주로 정리를 해야 남을 이해시키기가 좋다. 그런 작업들은 워드보다는 아무래도 엑셀이 편하다. 지나고 나면 이런 보고서 쓰는 것이 아무것도 아닌 것 같지만 남이 이해할 수 있게 문서를 쓰는 것도 대단한 업무능력이다. 파워포인트는 어떤가? 발표 자료는 구구절절 글로 쓰는 것보다 이해하기 쉬운 그래프와 통계 자료로 만든 결과물이어야 한다. 참고로 나와 동갑인 동료는 외부 고객에게 발표하는 파워포인트 자료 서너 장을 만들기 위해 하루를 고민했다. 사진 하나, 그래프 하나, 문구 하나까지 어떻게 하면 고객 회사에게 내 회사를 부각시킬 것 인가를 위해 고민한다. 이렇게 보고서를 쓰는 기술 또한 나중에 사업을 하다 보면 큰 자산이 되었다. 소위 그 분야의 선수들은 몇 장의 보고서와 몇 개의 그래프를 보면 그 사람의 실력을 알아본다.

첫 직장은 정신없이 바빠야 한다

구본형 씨의 《마흔세 살에 다시 시작하다》에서는 바쁘다는 것을 이렇게 표현했다. "바쁘다는 것은 지우개와 같다. 모든 기억을 지우고 그리움을 지우고 의미를 지우고 생각을 지운다. 바쁘다는 것은 그저 사람을 움직이게 한다. 이 지겨운 반복적인 소모를 '일한다'고 부른다." 신입 사원 때는 모든 것을 지울 수 있을 정도로 일을 해야 한다. 일은 젊었을 때 배워야 한다. 그것도 몸으로 배워야 한다. 체력이 좋을 때 그리고 멋모를 때 열심히 하는 습관을 몸에 배게 해야 한다. 역설적으로 내 경험상 세상모를 신입 사원 때 얼마나 힘들게 일을 했느냐가 본인에게는 중요한 자산이 된다. 소위 그런 '맷집'이 몸에 적응이 되어야 다른 일들도 가능하다. 창의적이라는 말은 멀리 있는 것이 아니다. 우선은 근면해야 하는 것이 기본이다. 그 근면함이 있어야 나중에 창의성이 생기는 것이다. 첫 직장은 많이 배우고 정신없이 바쁘고 날도 새 보고, 실수도 하면서 배우는 곳이다. 첫 직장 신입 사원 때가 아니면 해 볼 수 있는 기회가 별로 없다. 어느 정도 나이 들면 그런 체력이나 열정은 떨어지기 마련이다. 그렇지만 처음 직장 생활을 힘들게 했다면 시간이 지나도 그 다음 일들은 경험이라는 단어로 대체된다.

월급의 일정 부분을 재투자하다

2001년 10월 첫 직장에서 월급은 90만 원이었다. 홀수 달은 90만 원, 짝수 달에는 2배, 이렇게 급여가 책정되어 있었다. 본인 차를 가지고 있으면 유류비라는 항목으로 10만 원이 더 나왔다. 나는 차가 없어서 남들이 받는 유류비는 못 받았다. 결혼도 안 한 남자가 차도 없이 사내기숙사에 살면 할 일이 없다. 첫 직장은 가로등도 없는 시골에 있어서 마트가 있는 읍내까지 가려면 걸어서는 불가능하고 차로 가려면 10분은 족히 걸린다. 한마디로 돈은 벌지만 쓸 시간이 없다. 먹여 주고 재워 주고 회사에서 주기적으로 작업복에 신발까지 주니 월급은 고스란히 통장에 쌓인다.

업무 관련 책을 사기 시작하다

이구치의 《부자의 사고 빈자의 사고》라는 책에는 "일반인이 월급을 사용하는 방식은 생활비, 용돈, 저축뿐이다. 자기계발을 위해 돈을 투자한다는 것이 어려운 이유다. 부자는 자기계발을 위해 돈을 투자한 후 남은 돈으로 생활한다. 투자 기준은 희망 연봉의 10%다. 희망 연봉이 10억이면 1억인 셈이다."라고 했다. 여기서 재미있는 것이 희망 연봉이다. 그럼 나는 얼마를 투자해야 하나? 희망 연봉의 10%는 아니지만 그때 받은 월급의 10%는 업무에 관한 책을 샀다. 홀수 달에는 10만 원, 짝수 달에는 20만 원. 이렇게 소음진동 분야에 대한 책을 사기 시작했다. 회사에서는 내가 하는 업무를 배울 선배가 없었기 때문에 어쩔 수 없이 독학을 해야만 했다. 교육을 갈 때마다 강사들에게 관련 책을 소개 받고 우선 그 책부터 사기 시작했다.

2001년도라지만 전공 책은 싼 것이 아니었다. 한 권에 10만 원짜리도 있었으니 몇 년 동안은 꽤 많은 돈을 지출하였다. 내 평상시 지론이 하나 있는데 그것은 그 분야에서 번 돈은 그 분야에 재투자가 돼야 한다는 것이다. 회사에서 번 돈은 내가 회사 생활을 하는 데 일정 부분 재투자가 되어야만 자기의 발전이 된다는 것은 지금도 변함없는 생각이다. 이 생각은 내가 사업을 하고 있는 이 순간에도 똑같다. 내가 어떤 용역으로 돈을 벌면 그 돈의 30%는 다시 그 업무에 투자한다. 아까울 수도 있지만 그게 내가 이 분야에서 오래가는 비결이다. 지금은 가끔씩 강의도 한다. 당연히 강의에서 번 돈도 다시 강의라는 부분에 일정 부분을 투자한다. 더 좋은 강의를 듣는다든지, 관련 책을 사 보는 식으로 재투자한다. 여하튼 그 당시 한국에 나온 업무 관련 책은 거의 다 사 봤다. 원래 전공책이라는 것이 소설처럼 처음부터 끝까지 읽는 것은 아니다. 필요한 분야만 발췌해서 읽는 것이라 사 놓고 거의 안 본 책들도 많지만 당면한 회사의 문제를 해결하기 위해서는 비싸고 두꺼운 책이지만 그 책 속의 몇 줄도 소중한 정보다. 10만 원짜리 책에 나와 있는 두어 줄이 아이디어를 주고 해결책을 제시하는 경우도 있다. 이런 것들 덕택에 3년 후에는 업무가 일정 수준에 올랐다. 그때야 비로소 누가 어떤 질문을 해도 설명할 수가 있는 수준이 되었다.

논문발표를 주기적으로 하다

실험을 하고 사내 보고서를 쓰는 것만으로는 조금 아쉬워서, 논문발표를 시작했다. 발표장에서 발표하는 것도 은근 시간이 많이 투자되는 부분이다. 정해진 쪽수에 내가 말하고 싶어 하는 주제를 넣어야 하고 그것을 뒷받침하는 실험 데이터를 넣어야 한다. 같은 분야에서 일하는 사람들 앞에서 발표를 하니 발표 준비에 시간을 할애해야 하지만 지금까지 해 왔던 것을 다시 한번 정리해 본다는 면에서는 큰 수확이었다. 또 하나는 다른 분야는 어떻게 하고 있는지를 들어보는 것 자체가 큰 경험이다. 그렇지만 그런 것들을 독려하거나 지원해 주는 회사가 있는 반면 굳이 그런 곳까지 가서 시간낭비 할 바에야 회사 생활이나 열심히 하라는 회사도 있다. 그런 회사 분위기에서는 하루 연차 쓰고라도 가서 내가 듣고 싶은 분야의 연구 발표를 들어야 한다. 첫 회사는 그 부분에 대해서는 관대한 편이었다. 회사의 기술이 노출되지 않을 정도의 자료로 발표를 하고 전체 경비는 회사에서 처리해 주었다. 머리 싸매고 고민하는 것도 좋지만 내가 현재 고민하고 있는 것을 누군가의 발표를 통해서 한 번에 해결될 수도 있다. 상사한테 발표장에 갈 때 "그냥 들으러 갑니다."라고 말하기보다는"회사 이름으로 논문을 썼으니 회사 이름도 알리고 다른 것도 들어 보고 싶습니다."라고 해야 윗사람도 설득하기 쉽다. 어쨌든지 간에 일 년에 2, 3편은 꾸준히 써 가면서 논문 발표장을 돌아다녔다. 그런 곳에 갈 때는 의도적으로라도 혼자보다는 둘이 움직여야 한다. 같이 다니면 서로 의지도 되고 나중에 그 친구에게도 도움이 된다. 이렇게 일을 하다 보면 회사에서는 분명히 적도 생기고 아군도 생긴다. 모든 사람은 나를 좋은 방향으로만 보지 않는다. 각자의 처지에서 상대방을 보는 것이다. 회사 생활은 생각하기 나름이다. 의도적으로 신경을 쓰지 말아야 속이 편하다. 누가 뭐래도 현재 내가 하고 있는 일은 스스로 선택한 일이고 그것이 나중에 내 밥줄이 될지 모른다는 생각으로 지속적인 투자가 되어야 한다.

회사는 일정 관리다

회사에서 남들과 협업하면서 가장 중요한 일은 뭘까? 한 단어로 말하자면 '일정 관리'다. 일정 관리란 각자의 일을 일정 기간 안에 마무리 짓겠다는 서로 간의 약속이다. 나는 직장 생활을 하는 동안 줄곧 실험하는 부서에 있었다. 지금은 잘 모르겠지만 내가 회사에 다닐 때는 자동차 부품을 개발하는 입장에 있어서 새로운 차의 부품을 차가 출시될 때까지 적용하기까지는 대체로 2년이 걸린다고 했다. 2년 안에 그 차에 적용할 부품의 성능 시험은 적어도 2번을 해야 한다. 한번 전체 실험이 완료되는 시간은 평균 6개월이다. 몇몇 시험은 시험 기간이 1년 내내 하는 시험도 있지만 그런 장기 시험을 제외하고는 6개월이면 한 번의 시험이 다 끝나고 보고서를 제출해야 한다. 다시 말하면 6개월 동안 본인이 책임지고 해야 하는 일이 있는 것이다.

일은 전체적인 틀 안에서 진행된다

자동차 에어컨을 예로 들자면 새로 나올 자동차에 들어갈 에어컨 사양이 우선 결정된다. 운전석, 조수석을 하나의 에어컨으로 할 건지 운전석과 조수석이 따로따로 온도 제어가 가능한 에어컨으로 할 건지가 우선 정해진다.

다음은 그 에어컨을 개발하는 데 기본적으로 어떤 실험을 할지, 고객이 요구한 시험을 할 수 있을지에 대한 검토를 한다. 무작정 할 수 있다가 아닌 할 수 있는 것과 할 수 없는 것, 할 수 없으면 어떻게 하면 할 수 있는지, 얼마를 투자를 해서 시험 장비를 수정하면 시험이 가능한지, 도저히 안 될 것 같으면 시험 조건을 조정한다든지 하는 것들을 검토한다.

다음에는 시험 일정을 세운다. 어떤 장비는 언제부터 언제까지 사용하고 만약에 기존에 사용하고 있는 시험 장비와 시험 일정이 겹치면 우선순위를 어디에 둬야 한다든지 하는 일정을 세운다.

마지막으로 실험실 전체 인원이 모여서 마스터플랜을 짠다. 2, 3시간 공들여 각 시험 담당자들이 짠 것을 엑셀 한 시트에 집어넣어 보는 것이다. 이 모든 작업이 다 끝나면 전체 일정을 조정한 것을 A3용지로 출력해서 벽에 붙이고 전체가 공유한다.

절차는 이렇지만 막상 시험에 들어가면 변수가 생기기 마련이다. 급하게 해야 하는 시험도 분명히 생긴다. 그렇다 보면 마스터플랜대로 일이 진행되지 않는다. 경험상 한 번도 전체 계획대로 진행된 적은 없다. 그래도 될 수 있으면 계획대로 서로 움직이려고 노력한다. 기본적인 일정 계획마저 없다면 절대 6개월이라는 정해진 일정 안에 끝낼 수 없다. 이런 일정을 관리하기 위해 일주일에 한 번씩 주간 보고를 하고 한 달에 한 번씩 월간 보고를 한다. 보고시간에는 당연히 좋은 소리가 나올 리 없다. 우선 욕 아닌 욕부터 듣고, 설교도 들어야 하고, 변명도 해야 하고, 부서끼리 싸움도 해야 한다.

사람의 입이 모여서 제품이 만들어진다

이런 과정들 때문에 회사에서는 상사나 다른 부서와 사이좋은 경우가 별로 없고 인간관계가 뒤틀릴 수도 있는 것이다. 한바탕 일을 치르고 오면 각 팀에서 다시 계획을 수정한다. 마감은 6개월이니 거기에서 어떻게든 마무리가 돼야 하는데 그 마무리가 되기까지는 많은 회의와 계획 수정이 필요하다.

이런 꽉 짜진 일정 속에서도 회사 생활의 요령이 필요한 것이다. 나쁘게 말하면 슬렁슬렁하는 것이지만 좋은 말로는 엄연한 융통성이다. 꼭 해야 되는 시험을 우선으로 시험을 진행하는 것이다. 윗사람들이 잘하는 말이 있다. "일정에 쫓기지 말아라."라는 말이다. 세상 모든 일은 쫓기면 불안해지고 실수하기 마련이다.

개인적으로 회사 생활을 하면서 일이 밀린다든지, 쫓긴다든지 한 적은 별로 없었다. 가장 중요한 것을 먼저하고 굳이 하지 않아도 되는 시험은 융통성을 부리면서 일정을 지키려고 했다. 정말 중요하거나 꼭 확인이 필요한 실험은 날을 새고서라도 하면 된다. 어차피 그 일은 누가 해 주는 것이 아니라 온전히 나 혼자 해야 하는 일이니까. 원래 회사 일은 혼자서 하는 것이다. 특히 담당자는 그 일에 대해서 상당 부분 책임을 지는 것이다. 사실 윗사람들이 챙기는 것은 별거 없다. 윗사람 위치에 올라가 보니 가장 먼저 챙기는 게 일정과 중요한 시험 결과다. 나머지는 각 담당자가 할 일이다.

신기한 것은 '일정이 없다.', '일이 너무 많아서 힘들다.' 하면서도 일은 어떻게든 진행된다는 점이다. 욕먹고, 화내고, 싸우는 것도 지나고 보니 다 일정을 맞추기 위한 것이고 그 모든 것이 내 월급에 포함되어 있는 것이다. 자동차는 기술이 만드는 것도 있지만 사람들이 모여서 회의하면서 사람의 말로도 만들어진다. 사실 그렇다. 일이라는 게 사람이 시작하고 사람이 마무리 짓는 것이다. 각각의 사람이 본인의 일은 혼자서 계획을 세우고 진행하고 마무리 짓는 것이다.

사람 관계로 회사를 옮기다

회사에 다니면서 많은 어려움이 있지만 가장 어려운 게 역시 사람 관계 문제다. 특히 바로 위 상사와의 골이 깊어질수록 회사 다니기가 힘들다. 공교롭게도 내가 첫 번째 직장을 그만둔 이유도 바로 이 문제였다. 지금이야 너무 오래돼서 정확한 기억은 없지만, 기억을 더듬어 보자면 몇 달간의 감정의 골이 깊어진 관계로 그 상사가 미국 출장을 갔을 때 연구소장에게 사직서를 제출했고 상사가 없는 15일 간 인수인계를 했다. 이근미의 《프리랜서처럼 일하라》에선 "사직서를 내는 이유는 '존중받지 못한 것'이 결정적인 이유다. 연봉과 다양한 복지가 있더라도 자존심이 침범받으면 그만둘 생각을 한다."라고 했다.

마음의 결정은 섰고 내 밑에 직원들을 불러 자초지종을 이야기하고 인수인계를 시작했다. 둘의 사이가 관계가 안 좋은 것은 아래 직원들도 다 아는 터라 다들 예상하였다고 한다. 나중에 물어보니 '이제 서로 각자 갈 길을 가는 구나'라고 생각했다고 한다.

상사는 큰 회사에서 온 사람이었다. 작은 회사에서 큰 회사 사람을 영입하는 이유가 몇 가지 있다. 큰 회사에 있었으니 체계화된 업무 시스템을 잘 알고 그 시스템을 적용해 볼 수 있다는 생각과 큰 자동차 회사에서 사람을 데리고 오면 본인이 근무했던 회사에 아는 사람도 어느 정도 있어 몇 년간은 유용하게 쓰일 것이라는 약간의 이기적인 마음도 있다.

그런 장점이 있지만 기존의 회사 직원들과 융화가 안 되는 단점도 있다. 큰 회사는 자기 것만 하면 되고 다른 사람과는 업무로만 만나는 경우가 많다. 아래 직원이 일할 때도 그것을 꼭 해야 하는지, 그 일을 하는데 사내적으로 어떤 명분이 있고 내 부서에 득이 될지를 먼저 따진다.

그렇지만 원래부터 회사에 있었던 기존 직원들은 그런 것에 좀 무딘 편이다. 웬만하면 좋은 게 좋다고 웃으면서 이야기하고 내가 좀 힘들더라도 그냥 일해 주는 경우도 많다. 특히나 첫 번째 회사는 같은 또래가 많아서 더욱 그랬다. 그런 이유로 많이 부딪쳤다. 그분한 테는 내가 그렇게 일 처리하는 방식이 못마땅한 것이었다. 그분은 회사 업무는 그 일을 해야 하는 근거가 있어야 하고 없으면 일을 안 해도 된다는 생각이고, 나는 좋은 게 좋다고 같이 일하는데 얼굴 붉히며 일해 봤자 서로 힘드니 절차가 조금 미흡하더라도 일을 하자는 생각이었다. 결국은 업무 처리 방식이 달라 빚어진 문제였다.

그만두려면 주저해서는 안 된다

내 자신을 보면 직업에 걸맞지 않게 계산적이지도 못하고 철두철미하지도 않다. 어느 정도는 실수투성이고 섬세하지 못하다. 내 직업을 모르는 사람들은 내가 엔지니어링을 한다면 의아해하는 사람도 있다. 하여간 상사가 미국 출장에서 돌아왔을 때 그간의 업무 보고를 했다. 그리고 사직서 이야기를 꺼냈다. 결재 서류철에 사직서가 있으니 사인하시면 된다고 하고 정확히 12시에 퇴근했다. 12시 30분이 점심시간이니 점심 먹기 전에 나온 것이다. 그만두는데 점심까지 먹을 생각이 없었다. 첫 회사였고 재미있게 5년을 생활했고 지금의 나를 있게 해 준 회사였다. 몇 시간 후 전화가 왔다. 사원증이며 출입증, 기타 제출서류들 제출해야 하니 들어오라고 했다. "그냥 우편으로 보내겠습니다." 또 2, 3일 후 전화가 왔다. 아직 사직서에 사인 안 했으니 지금까지는 결근 처리하고 회사에 나오면 정식으로 사인하겠다고 했다. 바로 총무부서에 전화를 걸어 확인해 보니 사직 처리됐다고 했다.

"과장님, 사직서는 사직서 제출한 그날 처리됐습니다." 회사란 그런 것이었다. 하루에 가장 많은 시간을 보내는 곳이지만 냉정하고 필요에 따라 좋았다가 싫었다 하는 곳이다. 왜 군이 들어와서 이것 저것 처리하라고 했는지 모르겠지만 그런 것 역시 자기 위주로 생각하는 것이다. 혹시 다른 사람들처럼 "인생을 그렇게 살면 안 된다.", "같은 분야에서 일하면 다시 또 만난다." 이런 말을 해 주고 싶었을지도 모르겠다. 한참 지난 마당에 누구의 잘잘못을 따지기는 어렵다. 단지 업무 처리 방식이 나와 달라서 오래하지 못했다는 것이 정확한 이유일 것이다.

사람은 나이가 들어가면서 인생의 디테일을 하나하나 배운다. 그 당시에는 잘한 것 같지만 결과적으로 아쉬운 점, 그 당시에는 세련 되게 행동했다고 생각했지만 결과적으로는 잘못되었다는 점을 알아 가면서 나이가 들어가는 것이다. 사실 당시의 일을 떠올리면 '좀 더 세련되게 업무를 마무리하고 나와야 하지 않았나.' 하는 생각이 가끔씩 들기도 한다.

그러면서도 '어떻게 하면 세련되게 행동했어야 했지?'라는 질문을 나에게 다시 던져 봐도 답을 찾을 수 없다. 다시 그런 상황이 와도 비슷할 것 같다. 더 해 봐야 서로 골만 깊어질 뿐이다.

지금도 그분은 그 회사를 다닌다. 들리는 소식에 의하면 내 친구들이 그분과 같은 직급이고 업무 배치상 친구들이 더 높은 위치에 있는 경우도 있다. 가끔씩 그때 같이 일했던 친구들을 만나면 그때 이야기를 하는데 의도적으로 흘려듣거나 화제를 돌려 버린다. 지나간 마당에 굳이 그때 일을 생각하면서 기억에도 가물가물한 일을 상상해 가며 내 마음대로 소설을 쓰고 싶지는 않다. 시간이 지나고 난 지금 생각해 보면 누구의 잘잘못을 떠나 그때 그 당시에는 서로 간의 의견이 안 맞았다. 그뿐이다. 그때 다짐한 것이 하나 있다. 두 번째 직장에 가서는 적어도 회사를 그만둘 때 인간적인 문제로 그만두지는 않겠다. 그것 때문에 서로 스트레스를 받지는 말자. 그리고 두 번째 직장을 그만둘 때는 내 자신에게 한 약속을 지켰다. 직장이라는 것은 돈도 벌게 해 주지만 친구가 아닌 여러 사람과 어울려서 일을 하기 때문에 인간관계를 무시 못 한다. 실제로 조사를 해 보면 인간관계 문제로 회사를 그만두는 사람의 비율이 다른 어떤 퇴사 이유보다도 높다고 한다. 첫 번째 직장은 이런 식으로 투박하게 마무리가 되었다. 물론 그때 나랑 같이 일을 했던 친구들은 아직도 만난다. 30살 때 만났던 친구들이 지금은 40대 후반이 되어 버렸지만 그래도 첫 직장에서 친구들은 오래간다. 그 친구들과 후배들은 아직도 내가 하는 사업을 통해 도움을 주고받는다.

회사를 옮기더라도 일은 연속성이 있어야 한다

첫 번째 회사 퇴사 전에 두 번째 회사 면접을 보고 10여 일을 쉬었다. 학교를 졸업하기 전에 입사해서 일하고 결혼하고 자식들 키우다 보니 쉴 여유가 없어서 담당자가 없으니 일찍 출근해 달라는 걸 이런 저런 핑계로 10여 일을 늦췄다. 좀 쉬면서 가족끼리 여유 좀 부려 볼까 하는 마음이었지만 운이 없어서인지 지독한 장마 기간과 겹쳐 그 10여 일간 하루도 안 쉬고 비만 내렸다. '역시 일 복 많은 사람은 어쩔 수 없구나.' 하고 자조 섞인 투정을 하면서 출근을 했다.

두 번째 회사는 자동차 에어컨을 만드는 회사였다. 업무는 여전히 지금까지 해 왔던 소음 진동 일이었다. 아무리 같은 업무라지만 지금까지 하던 회사를 바꾸는 것은 처음부터 다시 시작한다는 것과 다름없다. 같은 업무를 하는 일을 찾아서 이직해야 일의 연속성적인 면이나 본인의 경력과 실력에 도움이 된다. 예를 들면 자동차 분야에 있다가 전기 분야로 옮기면 일정 경력을 인정받지 못한다는 말도 있다. 리처드 라이더의 《인생의 절반쯤 왔을 때 깨닫게 되는 것들》이라는 책에는 이런 것을 비유적으로 설명하고 있다. "가방을 다시 꾸린 뒤 적응하기까지는 상당한 시간이 걸리기 마련이다. 그렇다고 자신의 삶을 하루아침에 바꿔 놓고서 다음 날 버린 장소에 가서 다시 그 삶을 주워 담을 수는 없는 노릇이다. 시간을 갖고 변화에 익숙해지도록 하자. 새로운 것 달라진 것에 적응하고 그것을 편안하게 받아들일 수 있도록 하자."라고 했다.

두 번째 회사의 업무 강도는 무난했다. 신입 사원부터 5년 정도 아무것도 없는 것에서 거의 혼자 배워서 어느 정도 수준에 올라왔기 때문에 나로서 변한 것이라곤 시험할 대상물이 바뀐 것뿐이었다.

단지 측정 장비는 처음 써 본 장비라 업무 후에 서울에 계신 선배님한테 가서 딱 하루 3시간을 배우고 자정 넘어 내려와서 그다음 날부터 사용했다. 계측 장비라는 것이 어떤 장비라도 기본적인 원리나 흐름만 알면 운용하는 것은 크게 다를 바 없다. 비단 기계뿐만 아니라 일상도 그렇다. 흐름과 맥락 속에서 비슷한 일이 진행되는 것이다.

두 번째 회사는 두 가지를 목표로 회사 생활을 하고 싶었다. 하나는 이제 회사를 더 이상 옮기지 않는다. '이 회사가 마지막 회사다.'라는 목표와 '이 회사에서는 인간관계 문제로 회사를 그만두지 않는다.'였다. 그렇기 위해서는 주어진 일을 깨끗하게 마무리하는 것이다. 다행히 그런 것이 주효해서 업무에 관한 것은 상사들로부터 별 이견이 없었다. 인간관계도 많은 노력을 했다. 그렇다고 비위를 맞춘다거나 하지는 않았지만 내가 할 수 있는 범위에서 윗사람의 자존심을 건드리지 않는 일, 화가 나도 그 자리에서가 아닌 시간이 조금 지나서 풀려고 노력했던 일들이 결과적으로 회사를 나오기까지 선후배와 무리 없이 지낼 수 있었다.

편안함 속에서 깊이를 더하다

첫 번째 직장과 비교해서 일이 편하다는 것도 있었지만 첫 직장에서 시행착오를 많이 해 보고 힘들게 일을 해 온 덕분에 두 번째 회사에서는 체력적인 면이나 회사 생활하는 면에서는 어려움은 없었다. 그런 경험에서인지 회사나 학교 후배들에게 해 주는 말이 있다.

"직장을 선택할 때는 큰 회사, 돈을 많이 주는 회사도 좋겠지만 특히 첫 직장에서는 힘들고 어렵고 어느 정도의 자기 시간을 뺏길 수도 있는 소위 빡센 회사에 한번 가 봐라. 그런 곳에서 맷집이 생기면 그다음의 일들은 아무것도 아니다."

돌아보면 재미있는 추억이었지만 당시 힘든 5년을 보냈기 때문에 두 번째 직장에서의 7년은 어렵지 않았다. 물론 거기에는 내가 신입사원이 아니라 경력직으로 어느 정도의 위치에서 이직했다는 것도 무시할 수는 없겠지만 무엇보다도 힘든 직장 생활 속에서 전문성을 가졌기 때문이다. 양은우의 《나는 회사를 떠나지 않기로 했다》라는 책에서 전문성과 행복의 상관관계를 설명한 구절이 있다. "자유도와 행복은 자유도가 높으면 행복은 높은 정비례 관계다. 그러면서 고용 불안이 없고 금전적이 어려움이 없고 남의 눈치를 안 본다고 자유도는 높은가라고 반문한다. 거기에 덧붙여 인정받은 사람들은 다른 것이 하나 있는데 그것은 전문성이다. 전문성과 자유도는 정비례 관계다." 이것들을 종합해 보면 행복은 전문성과 정비례 관계고 행복은 자유도와 정비례 관계이기 때문에 행복하다는 것은 전문성이 높다는 말과 같다는 것이다.

두 번째 회사는 오래된 회사답게 업무 매뉴얼이 정해져 있어서 역동적이지는 않고 분위기가 차분하거나 조금 정체되어 있다는 느낌이었다. 처음에는 좀 답답한 면이 없진 않았지만, 천천히 적응되었다. 원래 분위기라는 것은 그냥 시간이 지나면 사람이 저절로 그 환경에 맞춰지는 것이다. 직급마다 회사의 만족도는 다르다고 한다. 조사를 보면 사장이 가장 만족도가 높고 부장, 차장 이렇게 밑으로 내려갈수록 만족도가 낮다고 한다. 이유는 직급이 높으면 회사 일보다 외부 일을 더 많이 하게 되고, 책임을 지는 위치니 일에 더 애착이

가기 때문이라고 한다. 특히 개인적으로 시간을 어느 정도 자유롭게 유용할 수 있으니 회사 생활에 만족한다는 것이다. 경험상 맞는 말이다. 현재 혼자지만 대표로 있으니 일에 대한 만족도가 높다. 우선 시간에 구애를 받지 않으면서 하기 싫은 일은 안 해도 된다는 선택의 자유가 있기 때문이다. 하여튼 두 번째 직장은 과장으로 이직을 해서 시간적 여유가 있었다. 내가 할 일만 하고 나머지는 후배들이 올린 보고서를 결재하면서 보고서나 실험 방법에 대해서 이야기하는 시간이 많은 직급이었다.

이것저것 시도해 본 기간이었다

아침에 출근하기 전 수영장을 2년여간 다녔다. 과거에는 수영을 못하니 물에서 할 수 있는 것이 거의 없었다. 수영을 배우고 싶었는데 직장 생활을 하다 보면 시간을 낼 수 없어서 해야지 하면서도 차일피일 미뤘다. 회사를 옮기고 이제 어느 정도 시간을 제어할 수 있는 직급이 되니 새벽에 수영하고 출근을 했다. 새벽 운동이라는 게 몸이 피곤할 것 같지만 하고 나면 일상에 자신감이 붙는다. 남들이 자는 시간에 한두 시간 먼저 일어나서 뭘 했다는 마음이 자신감의 원천일 수도 있다. 이런 자신감은 회사 생활에도 활력을 줬다. 새벽에 나가다 보니 차가 막히는 법이 없고 우선 무엇보다도 새벽 수영을 하고 나면 정시에 출근할 수밖에 없다. 시원한 드라이브에 수영을 마치고 사우나를 하고 얼굴에 스킨로션을 바르는 순간이 오늘의 시작이다. 하루 중 새벽 시간을 할애한다는 것은 미래를 위해 따로 저축한다는 의미와도 같다. 무엇보다도 남들보다 일찍 일을 시작한다는 것은 현재의 불안한 마음을 없앨 수 있다. 또 하나는 독서였다. 회사에서 점심 먹고 오후 일과를 위해 잠을 자두는 것도 좋겠지만 원래 낮잠을 안 자는 편이라 책을 읽기 시작했다. 점심시간이면 에너지 절약 차원에서 모든 전등을 끄는 것이 그 당시 분위기였다. 그러면 창문 옆에 햇빛이 잘 드는 곳을 찾아서 책을 펼쳤다. 점심시간 30분, 저녁 시간 30분이면 하루에 1시간이다. 일주일이면 책 한 권은 넉넉히 읽을 수 있다. 1년이면 적어도 20권 정도는 읽을 수 있다. 점심시간에 자거나 동료들과 수다를 떠느니 책이라도 읽어야겠다는 마음에 시작한 습관이다. 특히 저녁은 특별히 일이 없어도 회사에서 7시 30분까지는 자의 반 타의 반으로 자리를 지켜야 했던 시절이라 일이 빨리 마무리되면 식사 후 퇴근할 때까지 책을 봤다. 이 시간 읽었던 책은 셰익스피어의 작품인 《햄릿》을 포함한 '4대 비극'이었다. 그다음은 도스토옙스키의 책들이었다. 진작 봤어야 할 책인데 시기상으로 늦게 들춰 봤던 책들이었다. 아직도 집 책장에 꽂혀있는 《햄릿》 책 표지를 볼 때면 그때 점심시간 풍경이, 《까르마쵸프 형제들》의 책 표지를 볼 때면 직장에서의 저녁 시간 내 책상이 떠오른다.

미래의 계획표를 세워 보는 시기였다

무슨 책을 읽고 난 후였는지 정확한 기억은 없지만, 하루는 20년 후에 어떤 인생을 살고 있을까 하는 궁금증에 20년 후의 나의 모습을 아침마다 30분씩 일주일을 생각하면서 적고 수정하고 보완했다. 처음에는 심심풀이였는데 점점 진지해졌다. 몇 살까지는 돈을 얼마 모으고, 어떤 악기를 배우고, 어떤 운동을 어느 정도 수준까지 하겠다 같은 사소한 일부터 몇 살 때까지 책을 몇 권 쓰겠다, 지역사회에 선한 영향력을 끼칠 수 있는 어떤 일을 해 보겠다 같은 진지한 일까지 생각해 보고 엑셀로 정리해 보곤 했다. 그때가 2007년도 1월이었다. 그 작은 일이 그 후 나에게는 큰 영향을 미쳤다. 그리고 지금도 그 계획은 실천 중이다. 그 일이 점점 더 생각의 가지를 치고, 내 위치를 확인하는 계기가 되었고 내가 지금 뭘 원하는지, 나중에는 내가 생각하는 위치가 어디인지를 알려 주었다. 일정 시간이 지나고 뒤를 돌아봤을 때는 자연스럽게 그 목표를 위해 가고 있다는 것을 느꼈다. 그 계획표 안에는 회사를 그만두고 사업을 한다는 것도 포함되어 있다. 현재 내가 하는 일들이 2007년도에 세운 그 계획이 하나하나 이루어지고 있는 것이다.

대학원을 가다

고민한 끝에 내린 결정이었다. 이것도 계획표 안에 있는 일이기도 했다. 그렇지만 이 과정이 끝나면 현재 이 회사에서는 회사 생활을 더는 못할 것이라는 생각을 했는데 결과적으로 그 생각이 맞았다. 회사와 가까운 학교에 시간제로 대학원을 등록했다. 처음에는 학교로 다시 들어갈 생각은 없었다. 그냥 좀 더 공부하면 재미있을 것 같아서, 그럴싸하게 보일 것 같아서 시작한 공부였다. 이런 결정이 우연찮게 지금은 큰 도움이 되고 있다는 것을 부인할 수는 없다. 그때는 그럴싸하게 보일 것 같다는 마음이었지만 지금은 대학에서 강의를 하고 있으니 그때의 시간 투자가 빛을 본 셈이다. 그 당시에는 우선 나와 내 위 부서장만 아는 걸로 하고 시작한 것이지만 원래 회사라는 곳은 내가 퇴근 후 어디에서 누구를 만나서 어떤 이야기를 했는지까지 알고 있는 곳이라 금방 입에 곧 오르내릴 게 뻔하다. 아직도 신기한 것은 오늘 퇴근 후 내가 한 일은 내일이 되면 남들이 알고 있다는 점이다. 웬만해서는 남의 뒷말을 안 하는 나로서는 무서운 경험이었다. 내가 이 과정을 끝내면 어쩔 수 없이 회사를 더는 못 다닐 것이다. 왜냐하면 실수로 일이 잘 안됐을 때 남들에게 '대학원까지 나온 사람이 이것도 모르냐?'라는 말을 듣고 견딜 수 있는 내공이 나 자신에게 없었고, 또 하나는 나 스스로 다른 사람들과 비교할지 모른다는 생각이 들지도 모르기 때문이다. 예상대로 1년도 안 돼서 회사에 소문이 났고 과정을 끝낸 후 내가 먼저 퇴사하겠다는 말을 연구소장에게 했고 나가더라도 지금 하고 있는 일을 계속하니 필요하면 도와 달라는 부탁으로 원만하게 마무리되었다. 물론 그 부탁은 지금도 서로 지키고 있다.

실무에서 손을 떼지 않는다

회사를 나와서 혼자 일하고 싶다면 우선은 회사를 다닐 때도 남에게 기대지 말고 혼자서 일하는 연습을 해야 한다. 일은 기본적으로 혼자서 하는 것이지만 남의 도움을 받거나 때에 따라서는 남에게 시키기도 한다. 기대지 말라는 의미는 처음부터 혼자서 마무리까지 해 보라는 의미다. 회사를 나오려면 회사에 다니면서 자기계발을 하는 것이 아니라 더 나아가 자기 전문화가 필요하다. 그래야 본인 미래에 대한 불확실성이나 불안감에서 어느 정도 자유로울 수 있다. 엔지니어로서 사업을 하려고 하면 가장 성공 확률이 높은 것은 지금까지 해 왔던 기술로 사업을 하는 것이다. 반대로 말하면 본인이 배워 왔던 기술을 두고 전혀 다른 분야로 진출한다는 것은 모험이라는 말이다. 운이 좋아 잘될 수도 있지만 잘되기까지는 갈 길이 멀고 험난하다. 여기서 기술이라고 말하는 것은 그저 머릿속에 있는 것이나 멀리서 봐 와서 본인이 할 수 있을 것 같다는 막연함이 아니라 당장 본인의 손발이 움직일 수 있는 정도의 실무 능력이다.

회사는 직급마다 정해진 일은 있다

어느 회사나 회사 생활은 비슷하다. 기본적으로 회사 생활은 각각의 직급에서 해야 하는 정해진 일을 하면 된다. 우선 신입 사원 때는 아무것도 모르니 시키는 일만 열심히 한다. 그때는 시간이 어떻게 가는지 모를 정도로 새로운 업무와 실무를 배우느라 바쁘다. 그때는 조직의 부속품이라는 생각이 든다. 그 시기에는 어떤 기계의 톱니바퀴가 돼서 그 기계를 돌리기는 하지만 본인이 어디에 쓰는 톱니바퀴인지 어디로 굴러가고 있는지를 잘 모른다. 그렇지만 그때 본인에게 맡겨진 일이 마음에 들든지 안 들든지 간에 그 일은 회사를 퇴사할 때까지 본인의 주특기가 되는 경우가 일반적이다. 3, 4년 차 대리 정도 되면 이제 회사에 대해서나 본인의 일에 대해서 어느 정도 안다고 생각한다. 그때는 업무도 손에 익고 사람들과도 친해져서 목소리가 커진다. 병원에 있는 의사도 그 정도 경력이면 본인이 명의인지 착각할 정도라고 누군가 그랬다. 태권도로 말하면 파란 띠 정도다. 파란 띠 정도면 본인이 태권도를 제일 잘한다고 생각하는 시기다. 니시야마 아키히코의 《30대, 다시 공부에 미쳐라》라는 책에서도 비슷한 이야기를 하고 있다. "특정 분야에 종사하는 경우 제 몫을 다하기 위해 공부하고 연구하는 단계가 처음 1년이고 2년 차는 어엿한 전문인으로서 회사에서 제 역할을 하고 마지막 3년 차는 주어진 업무에 플러스알파로써 좀 더 창조적인 가치를 낳기 위한 자기계발에 역점을 둔다." 실제로 그 시기가 가장 습득이 빠른 시기이기도 하다. 어느 정도의 경험과 실무가 붙으니 그렇게 생각하기 마련이다. 사원부터 대리까지는 바쁘다. 사원 때야 하나하나 점검을 받지만 대리 정도 되면 윗사람이 조금 풀어 준다. 조그만 실수는 넘어가 주고 보고서도 사원 때처럼 세심하게 검토하지 않는다. 대리 때까지는 완벽한 실무 위주다. 회사에서 일은 대리들이 다 한다고 해도 과언은 아니다. 과장이 되면 이제 슬슬 실무에서 손을 놓게 된다. 실무는 아래 직원이 다 하고 크고 중요한 일만 본인이 직접 하는 위치다. 다른 말로는 관리자의 길에 들어서는 것이다. 관리자란 사람과 일을 관리하는 것이다. 사원부터 대리까지 평균적으로 8년, 그리고 과장 중간급이면 10여 년 실무를 거쳤으니 이제 후배들에게 노하우를 가르쳐 주는 위치다. 보고서 검토해 주고 부족한 부분은 다시 지시한다. 과장 위로 차, 부장급은 부서의 책임자다. 그 직급은 부서의 비전을 제시하고 회사와 비전을 맞추는 직급이다. 자연스럽게 실무는 하나둘씩 잊어버리는 시기다. 또 그 위치가 되면 당연히 잊어야 하는 시기다. 부서가 갈 방향을 제시하는 사람이 실무에 목메고 있으면 그것만큼 아랫사람 괴롭히는 일이 없다. 이렇게 회사 생활은 각자 직급에서 하는 일이 어느 정도 정해져 있지만, 퇴직을 해서 작은 사업이라도 하겠다면 상황은 달라진다.

실무에 능통할 때가 회사를 그만둘 때다

본인의 사업을 하려면 실무를 잘 알아야 한다. 그렇다고 회사에서 실무를 한참 할 젊은 나이에 회사를 나오면 사회적인 인맥이 충분하지 않아 어려울 수 있다. 또 실무는 잘하는데 프로젝트를 마무리하는 방법을 모를 수 있다. 모든 프로젝트는 일도 중요하지만 어떻게 마무리를 하는가도 대단히 중요하다. 일을 펼쳤으면 수습해서 제대로 된 보고서로 매듭이 지어져야 하는데 낮은 직급에서 퇴사해서 사업을 하면 그런 면에서 아직 기술이 부족할 수 있다. 퇴사할 때까지 일을 손에서 놓지 않은 것은 나에게 다행이었다. 계속된 실무를 통해서 감을 잊지 않는 것이 바로 회사를 옮겨서도 또 지금 작은 사업을 하면서도 도움이 되는 것은 당연하다. 의미 있는 일화를 하나 소개하자면 자동차 회사에서 어느 정도 나이가 돼서 퇴직을 한 사람이 있다. 오래 다녔으니 그 회사 차를 남보다 더 잘 알고 있을 거로 생각하고 직영 카센터를 차렸다. 그런데 자동차에 대한 것이 머릿속에만 들었지 실무를 놓은 지가 오래돼서 차를 고치는 일은 다른 직원을 쓸 수밖에 없었다. 대신 그분은 고객 관리나 매장 관리를 했다. 이런 구조라면 생각한 것보다 많은 매출을 올려야 한다. 직원 한 명을 채용해 월급에 4대 보험이나 복리 후생비를 생각하면 적지 않은 돈이 들어간다. 차라리 본인이 정비를 해야 했다. 본인이 일하다가 일이 많아 힘에 부친다고 생각했을 때 직원을 뽑는 것이 순서다. 회사에서도 땀 좀 흘리고 일하다가 일의 양이 많아 힘에 부친다고 생각할 때 직원을 채용하는 것이다. 예전 직장 선배님도 같은 말을 했다. 회사에 오면 그래도 땀 좀 흘릴 정도의 일을 해야 일이 재미가 있다. 그러다가 너무 힘에 부치면 직원을 채용해 달라고 요청하는 게 순서라고 했다. 사업을 하려면 회사에서 끝까지 실무를 놓지 않아야 한다. '예전에 해 봤다.'라는 말은 통하지 않는다. 당장 본인의 손발이 움직여야 일을 할 수 있다. 회사를 나와서 멋있게 일하고 싶다면 당장 회사 안에서 혼자 일하는 것을 연습해야 한다. 원래 회사 일도 혼자 하는 것이다. 회사에서 배운 기술로 사업을 하려면 우선 실무를 놓지 않고 퇴사하고 본인이 다녔던 회사의 어려움을 해결해 주는 일을 먼저 시작하는 것이 일반적이다. 모회사를 발판으로 펼쳐 나간다. 특히나 제조업에 있었던 사람들은 본인이 다녔던 회사가 최우선 고객이다. 최우선이자 최선을 다해야 하는 회사일 수밖에 없다. 회사에서 어떤 일을 줄 때는 실력이 있는 회사를 찾는 것이 기본이다. 지금 이 문제를 해결해 줄 수 있는 업체가 우선이다. 당연히 그 회사의 애로점을 잘 알고 있는 실무능력만 충분하다면 그 사람에게 일을 맡긴다. 그렇기 때문에 그 회사를 퇴사한 사람이 처음에는 유리한 점이 있다. 그것을 기반으로 시간이 지나면서 자연스럽게 다른 회사로 영역을 확장해 나가야 한다.

회사 생활은 미래의 메시지다

회사를 퇴사하고 자신만의 일을 하려고 생각하는 순간부터는 회사 생활에 대한 마음가짐이 달라야 한다. 무엇보다도 하고 있는 하나하나의 일이 자신에게 도움이 된다고 생각해야 한다. 또 회사를 나와서 일을 하는 절차는 모두 회사에서 배우고 나온다는 생각으로 일을 해야 한다. 사실 나도 지금의 모든 일은 회사에서 배우고 나왔다고 감히 말할 수 있다. 다시 말하면 회사에서 하는 현재 일은 미래의 자신에게 어떤 메시지를 계속 던져지고 주고 것이다.

회사는 모든 게 절차대로 움직인다

예를 들어 회사에 어떤 시험 장비를 들인다고 생각하면 그 시험을 하는 목적, 어떤 표준 절차를 적용할 것인가를 우선 선택한다. 한국시험표준을 포함해 세계시험표준을 적용해야 하고 그중에서도 미국시험 방법인지 유럽시험 방법인지도 검토한다. 그리고 장비를 만들 수 있는 업체를 선정해서 그 업체와 많은 이야기를 나눈다. 이 과정에서 본인이 몰랐던 것을 많이 알게 된다. 또 일을 진행하면서 시험에 대한 충분한 검토가 이루어지고 정해진 예산에 맞게 장비 사양을 조정한다.

다음에는 기안을 한다. 기안이라는 것은 '이번 실험을 하기 위해 장비를 구입해야 하는데, 장비 가격이 얼마입니다. 사 주세요.'라고 요청하는 문서다. 기안은 고객에 입맛에 맞아야 한다. 고객은 다름 아닌 그 기안에 사인하는 상사를 말한다. 장비에 대해서 몇 번의 발표도 해야 하고 여러 번 기안이 반려되는 아픔도 겪는다. 드디어 기안이 통과되면 본격적으로 장비를 만든다. 장비를 만드는 것은 장비 업체에서 하지만 장비를 어떻게 만들 것인가에 대한 개념과 설계는 담당자 본인이 해야 한다. 최종 책임은 기안한 자신이 지는 것이다. 이런 고통을 겪으면서도 장비는 처음의 본인이 생각한 대로 만들어지지 않는다는 것이다. 처음 적용해 보는 시험법이니 당연하다. 장비가 들어오고 운용하다가 문제가 발생하면 수정하면서 사용한다. 몇 년이 지나면 그 장비는 내가 만든 컨셉하고는 완전히 다르게 쓰이기도 한다. 상관없다. 그러면서 배우는 것이고 다음에 다른 장비를 만들 때는 그 경험이 토대가 돼서 더 좋은 장비가 만들어지는 것이다. 우여곡절 끝에 장비가 들어오고 나면 제대로 작동하는지 검수를 한다. 마음에 들지 않으면 다시 수정하고 부분 변경한다. 이 단계에서도 역시 장비는 다시 다른 모습으로 탈바꿈한다. 성능 면에서 더 좋아지든지, 아니면 예산 문제로 더 나빠지든지 하는 것이다. 다음 절차로는 품의를 한다. 품의는 말 그대로 '업체에 돈 줘야 하니 결제해 달라'라는 서류다. 품의를 진행하면서도 장비 진행 상황에 대해서 수시로 보고를 해야 한다. 품의의 목표는 내부 고객인 윗사람의 사인을 받기 위해서. 품의가 끝나면 돈을 내보내고 장비를 최종 검수하고 시운전을 한다. 일반적으로 이런 절차를 거치면서 장비가 들어오는 것이다.

제조를 하는 회사에서 가장 큰돈이 들어가는 것은 장비를 들이는 일이다. 회사는 회사대로 신경을 쓰고 있기 때문에 담당자로서는 일을 하면서 짜증도 많이 난다. 사사건건 참견을 받는 느낌을 받는다. 많은 인내가 필요한 시점이다. 회사를 위한 일인데 본인이 괜한 짐을 져서 욕을 들어가면서 스트레스를 받는다고 생각할 수도 있다.

이런 짜증이나 참견도 하나의 메시지다. 어떻게 하면 짜증이 덜 나게 할 수 있을까? 참견을 좋은 의도로 받아들일 수 있을까? 하는 수양을 쌓으라는 메시지로 받아들여야 한다.

회사절차는 밖에서도 그대로 쓰인다

중요한 것은 이런 절차는 회사를 나와도 유용하다는 것이다. 회사를 그만두고 이런 비슷한 일을 하기 위해서는 절차를 알아야 하고 이제 돈을 주는 처지가 아닌 돈을 받는 입장에서 돈 주는 고객의 심정을 헤아릴 줄 알아야 한다. 회사에서 했던 기안은 사업을 하면서는 다른 회사에 제안서나 시험 절차서를 만들 때 그대로 적용이 된다. 경험상 이렇게 하는 것이 안전하고 정확한 시험 방법이고 가성비가 있다는 것을 제안서에 담아야 한다. 또 고객이 원하는 목표를 달성하기 위해 내 경험이나 지식을 제공해야 한다. 그래야 서로가 편하고 신뢰가 쌓인다. 회사에 다니면서 많은 짜증과 윗사람의 참견은 이제 경험과 약으로 바뀌는 것이다. 내가 회사를 그만두고 지금 하고 있는 업무의 연장선에서 사업을 하겠다고 생각하면 회사의 일이 나에게 뭔가를 던져 주는 메시지라고 생각하면 된다. '더 잘 될 것이라는 메시지. 나중에 이것이 다 약이 될 것이다.'라는 메시지다. 그 메시지는 본인이 얼마나 감수성 있게 받느냐에 따라 달라진다. 어차피 회사는 본인이 생각하기에는 불공평하다. 그렇지만 불공평도 내가 어떻게 생각하느냐에 따라 다른 메시지로 돌아온다.

같은 뜻을 가진 사람끼리의 만남과 헤어짐

두 번째 직장을 다니면서 틈틈이 다른 회사 용역을 해 왔다. 아시는 분의 부탁으로 회사에 다니면서 시간이 되면 시험 용역을 해 주는 식이었다. 일이라는 게 다 마찬가지지만 한 가지 분야의 일을 10년 이상 하다 보면 이제 별로 새로운 것이 없다. 제품만 다를 뿐 기본적인 원리나 응용은 거기서 거기다. 그렇기 때문에 한 분야에 10년이면 이제 조금은 전문가라는 소리를 듣게 되는 이유이기도 하다.

같이 일하자는 제안을 받다

한 회사에서 어느 정도의 매너리즘에 빠졌을 때 회사를 같이 해 보지 않겠냐는 제안을 받았고 그때가 직장을 이제 그만둬야 했던 시기와 비슷했다. 소속감을 높이기 위해 주주라는 명분으로 투자금도 내기로 하고 일을 같이 하기로 했다. 일 복 있는 사람답게 일주일 전 사직서를 쓰고도 추석 전날 남들은 다 퇴근했지만, 마지막까지 남아서 일을 마무리하고 최종 보고까지 했다. 추석 연휴를 보내고 다음 날 오전에 출근해서 모두에게 그동안 감사했다고 인사하고 두 번째 회사를 마무리를 지었다.

그리고 다음 날 출근을 했다. 이 회사를 들어갈 때의 마음은 '인사나 경영에는 일절 관여하지 않고 내가 맡은 일을 한다.'였다. 내가 주주로 가지만 '사공이 많으면 배가 산으로 가듯이 의견은 내지만 결정은 대표에게 맡긴다.'였다. 그렇지만 모든 것이 내 마음대로 흘러가지 않듯이 같이 하자고 했던 회사도 결국은 회사였다. 우여곡절을 겪다가 2년이 안 돼서 그만두었다. 지금까지 알아 왔던 사람이라고,

나와 같은 분야의 일을 해서 나랑 마음이 같을 것이라는 순진한 생각이 잘못이었다. 몇 번의 의견 충돌을 하고 더는 같이 할 수 없다는 판단이 섰다.

회사 생활이라는 게 내가 역량이 안 되면 동료들과 같이 고민하고 풀어 가는 것이다. 적어도 내가 지금까지 다녔던 회사는 그랬다. 그런 분위기에 10년 이상을 있다가 본인이 끝까지 책임지고 해결하라는 사고 아래에서는 갈등이 있을 수밖에 없었다. 처음 나와 같이 일을 하고자 했던 방향과 점점 멀어지는 것 같고, 기술적인 의견을 제시해도 '우선 해 보자'라는 식의 생각 차이도 극복할 수 없었다. 서로 크게 싸운 적은 없지만 뭔지 모르는 삐걱거림이 반복되었다. 돌이켜 보면 누구의 잘잘못을 따지기보다는 규모 있는 회사를 오랫동안 다닌 나와 개인 사업을 오랫동안 했던 사람과의 성격 차이였다. 첫 회사에서 실패했던 인간관계가 다시 반복되는 기분이었다. 사람은 역시 경험을 하면서 성장하는 것이다. 사람이란 남들이 뭐라 해도 귀에 들어오지 않고 우선 본인이 경험하고 느껴 봐야 자기가 갈 방향이 정해지는 법이다. '그래도 나는 이성적이다.'라는 생각이었지만 그건 내 자만심이었다. 운전하다가 갑자기 터널에 들어가면 옆에는 안 보이고 앞만 보이는 그런 현상 같은 것이다. 내가 생각한 것만 옳다는 생각과 아니면 안 하면 되지라는 생각이 든 것이다. 사실 사업이라는 것은 취미나 동호회 활동이 아니기 때문에 다른 사람과 함께 독립한다는 것 자체가 비현실적일지 모른다.

이제 진짜 내가 홀로서기를 할 시기가 온 것이다

내가 이 분야의 일을 하면서 원했던 방향, 내가 잘하는 분야만 집중해야 할 시기가 온 것이다. 그것이 생각보다 좀 빨리 왔을 뿐이다.

그만두겠다고 말하고, 사직서를 썼다. 처음보다 두 번째가 편해진 이유는 상상했던 일을 한번 경험해 봄으로써 내성이 생기기 때문이라고 했다. 돌아와서 법인카드와 회사 출입증을 우편으로 보냈다. 첫 번째 회사와 세 번째 회사에서 관계 문제로 그만두게 됐으니 세 번 중 두 번은 이 부분에서 실패한 것이다. 드디어 회사 생활에 종지부를 찍을 때였다. 이제 이직을 해도 또 이런 일이 발생하지 않을 것이라는 자신이 없어졌다는 것도 이유 아닌 이유였다. 《해리포터》를 쓴 롤링도 "실패를 통해 진정한 자신과 만났고 진정 원하는 것을 찾았으며 집중할 수 있었다. 밑바닥까지 떨어지면서 인생을 새로 세울 수 있는 단단한 기반을 얻게 되었다."라고 말했다. 몇 년이 지나 다시 도와줄 수 없냐는 제안을 받았다. 큰 프로젝트를 몇 개 하는데 이 분야를 아는 사람이 없다고 도와 달라는 하는데 "미안한데 도와주고 싶어도 내가 그런 실력이 안 됩니다. 너무 범위가 커서 감당할 자신이 없습니다." 하고 거절했다.

"우선 같이 출장 가서서 해 보시는 게 어떨까요?"

"아니요. 어차피 내가 하지도 못할 거 새로운 전문가 하나 영입하셔서 2, 3년 맡기면 어떨까요?" 하고 사양했다. 혼자 감당할 자신이 없다는 말은 사실이었다. 큰 회사에서는 영업을 하면 다른 기술팀들이 어떻게든 맞춰 보겠지만 작은 회사에서는 그럴 형편이 안 된다, 능력 밖의 일에 내부 역량이 못 따라가는 법이다. 게다가 회사에 그런 분야를 해 본 사람이 없다면 결과는 보나 마나다. 어찌어찌 일은 진행이 되겠지만 완성도 면에서는 현저히 낮을 수밖에 없다. 남에게 의뢰받은 일을 하면서 완성도가 낮은 결과를 낸다면 그 고객과는 다시 일을 하지 못한다. 그리고 설사 내가 도와준다고 해 봐야 내 입장에서는 내 일이 아니니 열심히 할 수 있을 거라고 장담을 못 한다. 또 서로 불편해 질 것이 뻔하다.

세상에는 나랑 딱 맞는 사람이 없는 법이다

그냥 서로 노력하면서 만들어 가는 것일 뿐이다. 사람 간의 사이가 항상 좋을 수는 없다. 좋다가도 소원해지고 의견 다툼이 있기도 하고 싸우기도 한다. 살면서 우리는 남에게 상처를 주기도 하고, 남에게 상처를 받기도 한다. 금전적인 문제는 그나마 포기할 수 있겠지만 본인의 자존심이 걸려 있을 때는 입장이 달라진다. 사람은 모두 본인 위주다. 당연히 본인이 생각하는 대로 세상을 살아간다.

어떤 조직, 어떤 단체든지 마찬가지다. 100% 자기 편도 없고 100% 적도 없다. 상황에 따라 변한다. 그렇기 때문에 너무 막 나가지 말아야 한다. 그렇게 친하다가도 한번 크게 틀어진 관계는 회복이 불가능하다. 그때는 적도 그만한 적이 없다. 어떤 경우는 그간의 친근함을 보상받으려는 듯 끈질기게 괴롭히는 관계가 되기도 한다. 누가 잘하고 잘못했다고 할 수도 없다. 한번 크게 틀어진 마음은 다시 회복이 힘들다. 회복됐다고 열심히 본인의 머리를 세뇌하지만 예전과 비슷한 상황이 되면 갑자기 생각나는 것이 사람이다. 나도 그랬다. 마지막 회사에서 받은 마음의 상처는 회복할 수 없다. 나뿐만 아니라 상대방도 마찬가지일 것이다,

그 회사와는 지금은 다시 파트너로 시험 용역을 같이 진행하고 있다. 이제는 회사 소속이 아니니 회사 대 회사로 내가 할 수 있는 영역의 일을 받고 계산서 처리를 한다. 같이 출장을 가서 예전 이야기를

나눈 적이 있다. 그분이 나랑 헤어질 때 나를 많이 원망했다고 했다. 그 원망이 한참을 갔다고 했다. 나는 의도적으로 이런 말을 했다. "사람은 상처를 주고받음으로써 완성되는 게 아닐까요?" 지난 일을 가지고 왈가왈부하는 성격은 아니다. 누가 물어봐도 내가 직접 접하지 않았던 일이나 험담은 안 한다. 괜히 어설픈 말 한마디로 남에게 선입견을 심어 주면 서로 간의 도움이 안 된다. 그래도 몸담은 회사였고 지금도 일을 같이하니 당연히 그 회사가 더 잘되기를 바란다. 그리고 회사 직원들도 늘었으니 직원들과 그 가족을 위해서라도 더더욱 잘되길 바란다. 지금 이 시점에서는 누가 더 많이 잘못했는지가 중요하지 않다. 중요한 것은 다시 과거로 돌아가는 것만큼 비생산적인 일은 없다는 것이다.

여러 책에서는 '깊이 있게 고객과 사귀어라.'라고 하지만 경험상 그런 상대는 많지 않다. 어느 정도의 친근함과 어느 정도의 거리감이 존재해야 관계가 오래간다. 가깝지만 개인 생활을 건드리지 않는 적당한 거리 두기가 관계를 오래 지속시키는 법이다.

회사는 좋은 학교다

나는 현재도 소음, 진동 관련 일을 하고 있다. 단순하게는 의뢰 온 실험을 하고 제품의 문제점을 개선해서 제안하는 보고서를 쓰면 마무리가 된다. 예를 들면 1층에 큰 기계가 있고 그 기계를 운전하면 지하실이나 옆 사무실이 울리는 문제가 발생해서 이 문제를 해결해 달라는 의뢰를 받으면 문제가 되는 부분을 측정하고 조용히 할 수 있는 방안을 컴퓨터로 시뮬레이션해서 두세 가지 해결책을 제시한다. 상대 회사는 내가 제시한 방법 중 하나를 골라서 공사를 하고 공사가 끝나면 얼마나 진동이 줄었는지를 다시 측정해서 검증해 주는 것이다.

이런 일을 할 때까지 10년 이상을 회사에서 소음 진동 일을 했다. 학교에서 전공한 분야도 아니지만 회사라는 곳은 시키면 시키는 대로 우선 시작하는 거 아니겠는가. 정말 많은 우여곡절 끝에 회사에서 그래도 인정받은 위치까지 올랐다. 내 실력을 검증해 보기 위해서 회사를 옮겼다. 그리고 확인했다. 경험이 쌓이면서 남에게 뒤처지지 않는 실력이라는 것에 자신감을 얻었다.

회사를 그만두고 나가서 자기 사업을 하고 싶은가?

회사에 다니면서 '아이템만 있으면 나가서 사업할 텐데.'라고 말한다. 그렇지만 단순히 아이템이 있다고 사업을 시작할 수는 없다. 어떤 물건을 만들면 돈이 될 것 같다고 생각하지만, 그 물건을 만들기 위해 투자되는 투자금은 한두 푼이 아니다. 당장 물건을 만들 수 있는 부지를 마련해야 하고 설비를 들여야 하고 사람을 채용해야 한다. 초기 자본이 필요하다. 설사 그 돈이 있다 하더라도 그 물건이 상품화되기까지는 많은 시간이 필요하다. 또 물건을 만들었다고 누가 알아서 사가지는 않는다. 영업력도 있어야 한다. 쉽지 않은 길이다. 많은 사람은 그 아이템으로 망해왔다. 그 아이템은 본인만 생각하고 있는 좋은 아이템일 수도 있다. 좋은 제품이라면 세상에 누구라도 시도를 하고 있을 것이다. 차라리 제품을 모방해서 거기에서 조금 나은 제품을 만드는 것이 현명한 방법이다.

한국에서 제조업으로 돈을 버는 방법은 외국의 물건을 국산화하는 방법이 상대적으로 안전하고 쉬운 방법이다. 제조업은 호락호락한 것이 절대 아니다. 그렇기 때문에 적어도 제조업분야에서 직원을 데리고 일을 하는 사람들은 존경받을 만한 충분한 자격을 갖추고 있다고 생각한다.

제조가 아니라면 본인의 기술을 살려 사업을 할 수도 있다. 내가 그런 경우다. 운 좋게 같은 분야의 일을 회사에서 15년 넘게 하고 있다. 직장을 다니면서 2~3년 정도 틈틈이 현장 경험을 해 보니 해 볼 만하다는 자신이 생겼다. 회사에서 배운 것을 회사가 아닌 다른 곳에도 적용이 가능할 뿐만 아니라 내 실력도 다른 사람과 비교해서 그리 나쁜 것은 아니라는 자신감을 느끼게 되었다. 그런 면에서 회사는 또 다른 학교다. 우리는 학교를 졸업하고 회사에 다니면서 다시 배운다. 머릿속에 오래된 이론만 가득했다면 회사에서는 바로 실전을 배울 수 있다. 그렇게 배워야 회사도 살고 본인도 산다. 몸으로 배우니 회사에서 배운 지식은 더 오래간다. 그렇지만 아직도 이론적인 허상만 가지고 생활하는 직장인도 있다. 그런 사람들은 어떻게든 회사에 붙어 있어야 한다. 회사 그만두고 나가면 당장에 초원 위의 영양이다. 사자에게 잡아먹힌다. 이론적인 허상만 가지고 생활하는 직장인은 회사 울타리 안에서 살아야 안전한 사람들이다. 회사 생활을 그만두고 밖에서 자기 실력을 한번 펼쳐 볼 생각이라면 본인이 하는 분야는 우선 회사에서 최고라 생각될 때까지 한다.

회사는 좋은 학교다

회사는 돈 줘 가며 나를 가르치고 나를 성장시키고 나중에 사회에 던져졌을 때 사는 방법까지 알려 주는 좋은 학교다. 정작 학생들은 본인이 다니는 학교가 좋은지 아닌지 잘 모른다. 그렇지만 학교에서 인정받은 소수의 학생은 자기 학교를 '좋은 학교'라고 말한다. 회사도 별반 다르지 않다. 내가 회사에서 최고가 되고 회사에서 나를 인정해 주면 그 회사는 나에게 좋은 회사다. 또 회사에서는 인간관계를 많이 배운다. 내가 하는 서비스업은 고객에게 무조건 충성하는 분야는 아니다. 전문 기술이나 실험 데이터로 말을 하고 진행한다. 그렇지만 돈은 주는 사람은 상대방 회사이기 때문에 분위기나 비위는 어느 정도 맞춰 줘야 한다. 그런 것들도 회사에서 배웠다. 아랫사람이라고 무조건적인 충성이 아닌 가끔은 언쟁을 높이면서 대드는 방법이나, 언제 그랬냐는 듯이 무심하게 넘겨 버릴 수 있는 그런 능글맞음도 회사라는 학교에서 몸으로 배우는 것이다.

첫 번째 직장은 진짜 힘들게 밑바닥부터 하나하나 배워서 성장했기 때문에 중·고등학교로 비유할 수 있다. 여기서 하나 말하고 싶은 것은 실력이 쌓이는 패턴이다. 어느 분야나 실력이 쌓아지는 모양은 비슷하다. 누구는 실력을 봉우리가 위로 올라가는 2차 함수라고 말한다. 이유는 시간이 지남에 따라 실력은 높아지다가 어느 정도 나이가 되면 꼭대기에서 내려오는 하향곡선을 그리다가 은퇴한다는 것이다. 그렇지만 나는 조금 다른 생각을 가지고 있다. 엔지니어에게 실력은 계단함수다. 계단을 보면 계단과 계단 사이는 직각으로 급격하지만 한번 올라가면 평평하다. 그리고 다시 직각, 그리고 다시 수평. 정체해 있는 듯하다가 갑자기 뭔가를 안 것 같은 느낌을 받고, 좀 안 것 같은데 한동안 정체해 있는 느낌을 받는다. 그렇지만 열심히 하다 보면 어느덧 많은 계단을 올라와 있었다. 지루한 루틴한 시간은 반드시 존재한다. 매일 같은 일이 반복된 것 같지만 어느덧 계단에 올라서고 있는 것이다. 결국 실력은 계단식으로 올라간다. 다음 단계를 오르기 전 적어도 그런 어느 정도의 지루함이 있었다. 나도 첫 직장에서 그런 계단 함수를 거쳤다. 두 번째 직장은 어느 정도 숨 돌리면서 이것저것 해 보고 싶은 것을 해왔던 일류 대학교였다. 도이에이지가 쓴 《전설의 사원》이라는 책에는 "좋은 대학을 나온 사람이 자신감을 가지는 까닭은 단순히 좋은 대학을 나왔기 때문이 아니라 꽃다운 청춘의 많은 시간과 에너지를 대학교에 다니며 공부에, 사람에, 관심 분야에 쏟아부었다는 자부심이 있었기 때문이다."라고 했다. 직장학교를 졸업한 후에 거기에서 배운 것을 가지고 작게나마 사업을 하고 있으니 좋은 학교를 나왔다고 감히 말할 수 있다.

이제야 알았다

"모든 여행은 끝나고 한참의 시간이 지난 후에야 그것이 무엇인지를 알게 된다. 여행은 멋진 곳에 가서 놀라운 경험을 하는 것이지만 본질적으로는 기껏해야 일인칭 시점이다." 또 "여행을 통해 뜻밖의 사실을 알게 되고 자신과 세계에 대한 놀라움 깨달음을 얻게 되는 것. 그런 마법적 순간을 경험하는 것" 김영하의 《여행의 이유》에 나오는 말이다. 회사를 두 번 옮긴 후 내가 지금까지 해 왔던 분야만 잘하고 싶어서 아는 사람과 작은 회사에서 같이 했지만 결국은 실패로 돌아갔다. 그러는 과정에서 인생에 대해 많이 배웠다. 남은 인생 또 비슷한 부침이 있겠지만 '그때는 조금 충격이 완화돼서 올 것이다.'라는 믿음이 생겼다. 그리고 이제야 새삼 알았다. 직장 여행이 나에게 준 의미를.

경우에 따라서 서행과 지체가 반복된다

세상은 내 마음대로 되는 게 아니다. 내가 하고 싶다고, 열심히 한다고 다 되는 것은 아니다. 물론 어느 정도는 사람이 마음먹은 대로 가기야 하겠지만 결국은 내 마음이 아니라 같은 방향으로 가는 상대방과의 마음이 맞느냐가 문제다. 그걸 우리는 '인간관계'라고 부른다. 그 관계가 얼마나 돈독하냐에 따라 내가 원하는 방향으로 가는 길이 고속도로냐 오솔길이냐 아니면 진흙탕이 될 수도 있다. 관계가 좋으면 시원하게 뚫린 신호등도 없는 고속도로겠지만 원만하지 못하면 발이 푹푹 빠지면서 가야 하는 진흙탕이 되기도 한다. 그렇지만 중요한 것은 그래도 앞으로 가고 있다는 점이다. 고속도로를 달리다 보면 도로 상황판처럼 경우에 따라서 원활, 서행, 지체 가끔은 극심한 정체를 겪기도 한다. 그렇지만 결국은 내가 선택한 목적지에 가까워져 간다. 원활, 서행, 지체를 하지만 목적지가 있었다면 원하는 길로 가고 있다는 것을 알 수 있다. 돌이켜 보면 직장 생활도 그렇다. 즐거움도 있고 싫고 짜증이 나더라도 그런 경험들이 모여서 내가 진짜 원하는 방향으로 나를 이끌어 가고 있음을 알았다. 목표가 있었으면 더 확실히 와 닿겠지만 없었더라도 이제 많은 길 중에서 어디로 가야 할까 선택해야 하는 교차로에서 많은 고민을 하는 것이 아니라 한두 방향의 길로 좁아진다는 것을 알 수 있다.

결국은 내가 직장을 다닐 때 엑셀로 만들었던 '나의 인생 수첩'이라는 경로로 가고 있다는 것을 이제야 알았다. 그 인생 수첩에 적었던 길에서 조금 벗어나긴 했지만 그래도 아직은 그 큰길 옆에 내가 있었다. 적어도 반대 방향으로 가고 있다거나 다시 돌아올 길은 아니라는 것이다. 게다가 나는 지금 하고 있는 일이 내가 원했든지 원하지 않았든지 간에 15년 이상을 지속해서 해 온 행운아였다. 큰 줄기는 변함없이 소음 진동 기계쟁이였고 그 사이사이에서 다른 분야도 접해 봤던 복 받은 회사 생활이었다.

계획표 안에 답은 있다

마지막 회사를 그만두고 고민에 빠졌다. 어떻게 할 것인가? 직장? 아니면 사업? 그 결정은 오래 걸리지 않았다. '나의 인생 수첩'에 적힌 20년 후의 나의 목표를 세운 계획표를 봤을 때 선택지는 있었다. 단순히 돈이 문제가 아니라 생활 속에서 시간을 내 마음대로 쓸 수 있어야 20년 후의 내 모습이 온전히 만들어지는 것이다. 그걸 하려고 15년 이상을 열심히 살아왔던 게 아닌가? 사업이라는 것이 시작할 때는 내 고객은 없지만 죽지 않고 3~5년만 버티면 고객은 생길 것이고 그사이에 내가 이 분야에서 다른 가지를 칠 수도 있을 것이다. 적어도 그 가지는 기계쟁이 생활을 했던 이 분야에서 뻗어 나온 새로운 가지일 것이다. 인생은 계속 진행형이다. 고 김대중 대통령은 "역사는 발전하고 인생은 아름답다."라고 했는데 그 말처럼 지금까지 직장 생활의 역사는 항상 발전하는 모습이었고 내 나중의 인생은 아름다울 것이다.

이제는 얼마나 아름답게 만들어 가냐를 생각할 시기다. 아름다움이라는 것은 결국 내가 해 보고 싶은 것을 했을 때 그런 자신감이 남에게 보이는 것이다. 양병무의 《좋아하는 일 하면서 먹고 살기》에는 "자신이 걸어온 길은 소중하다. 내가 걸어온 길, 그 길이 때로는 힘들고 어렵지만, 지금의 나를 만들어 준 아름다운 길이었다는 고백을 정답으로 가져야 한다."라고 했다. 책을 쓰고 있는 이 시점에서 생각해 보면 지금까지 내가 지나온 길은 아름다운 길이었다.

2부

엔지니어가 혼자서 사업하기

Engineer Power Up

사업을 시작한 이유

정균승의 《내 인생을 최고로 만드는 시간 관리》라는 책에서 "직장은 경제적 독립을 확보할 수 있는 미래의 어느 시점까지 일시적으로 머무르기에 안성맞춤인 장소"라고 했다. 그렇지만 일시적이더라도 직장을 다니다가 나온다는 것은 여간 부담스러운 것이 아니다. 이제 울타리가 없어져 버린 허허벌판에 나 혼자만 서 있어야 한다. 초원에 나온 영양 한 마리일 뿐이다. 회사라는 울타리를 나오면 진정으로 '나 자신에 대한 평가'라는 사실을 직접 몸소 체험할 수 있다. 내가 사회에서도 통하는 기술을 가지고 있는지 사회생활에 적합한 사람인지를 스스로 평가하게 된다는 의미다.

다시 직장을 다닐 수는 없다

한국에서 인기 있는 직업이라고 하면 의사나, 약사, 변호사 같은 전문 분야의 직업을 가진 사람들이다, 그런 직업이 인기 있는 이유는 직장을 다니지 않아도 독립해서 일할 수 있기 때문이다. 이공계도 비슷하다. 이공계를 선택하면 다른 전공자들이 바로 따라올 수 없기 때문에 희소가치가 있다(다른 전공을 깎아 내릴 의도는 전혀 없다. 이공계는 그만큼 공부해야 할 양이 많고 어느 정도 수준에 올라가기까지는 많은 시간이 걸린다는 것을 말하고 싶을 뿐이다). 그렇지만 희소가치가 있다는 안일한 생각이 자신은 시대에 적응하지 못하는 문제를 야기하기도 한다. 이공계 출신들의 희망은 자기가 일하는 회사에서 사장이나 임원이 되든지 아니면 창업해서 자기 회사를 운영하는 것이다. 그렇지만 이공계의 직장인도 직장 생활의 끝은 거의 비슷하다. 직장에서는 내가 알고 있는 것이 이 분야의 전부인 것 같지만 조금만 벗어나면 아주 작은 일에 일부분임을 알게 된다. 직장에서는 본인이 그 분야에서 제일인 줄 알지만 사회에 나와 보면 그동안 해 왔던 직장에서 자신만의 분야가 얼마나 좁은 영역인지를 안다. 사회에서 적용할 수 없고 오로지 회사에서만 유용한 기술이 대부분이다. 게다가 회사를 오래 다니게 되면 실무적인 감각은 무뎌지고 윗사람에게 코드를 맞추는 사내 정치를 하게 되거나 아랫사람들의 보고서를 봐주는 일이 대부분이다. 자연히 어떤 일을 할 때 마음가짐이 소극적이고 책임 회피적으로 되어 버린다. 그렇기 때문에 나이가 들어 사회에 내팽개쳐지면 할 줄 아는 일이 거의 없다. 없기도 하려니와 소극적인 마음을 적극적인 마음으로 바꾸는 데는 많은 시간이 걸린다. 회사를 그만두면 항상 지시하는 갑의 입장에서 철저히 을도 아닌 병이나 정의 입장으로 바뀌지만 그것을 인식하기까지는 시간이 걸린다.

오래전에 내가 만든 〈내 인생 계획서〉에는 '100명의 직원을 둔 회사를 만들어서 지역사회에 공헌하는 것'이라는 문구를 다시 상기했다. 다시 한번 나를 돌아봤다.

'회사를 만들 만한 돈이 있는가?'

'어떤 제품을 개발해서 100명이라는 직원에게 월급을 줄 수 있을까?'

'지금 내가 가지고 있는 기술은 뭔가?'

말할 것도 없이 3가지는 모두 내가 지금은 할 수 없는 일이었다. 단순히 회사만 다니고 회사에서 나오는 월급으로만 살아왔던 나에게 그런 것이 있을 리 만무했다.

회사를 그만두고 이제 나만의 방식으로 살아 보겠다는 생각이 들었다. 그렇지만 가족을 부양해야 하는 가장이라 막연히 재충전이라는 명목으로 쉴 수는 없었다. 이런저런 생각 중에 우선 사업자를 내고 천천히 생각해 보자는 마음으로 사업자등록을 했다. 역시 인터넷 강국답게 사업자등록은 집에서 인터넷으로 처리를 하고 며칠 후 세무서로 사업자등록증을 찾으러 가면 된다. 사업자등록증을 찾아오는 순간 이런 생각이 들었다.

'왜 나는 사업을 하려고 하지?'

'그냥 다른 직장을 알아볼까?'

이 두 가지 생각으로 거의 두 달을 고민했다. 두 달 동안 나 자신에게 어느 정도의 정당성을 부여하고 싶었다. 적어도 '직장 생활을 하기 싫으니 내 사업이라도 하지.'라는 마음으로 시작하고 싶지는 않았다.

나는 소음 진동 일을 15년간 실무적인 분야에서 일했고 회사뿐만 아니라 밖에 나와서도 조금 한다는 소리를 듣고 있었다. 이 분야는 아직도 기계공학에서 어렵다고 학생들이 수강 신청을 꺼리는 과목이다. 그렇다 보니 아직도 희소성이 있는 분야다. 운 좋게 나는 그 끈을 놓지 않았고 끈질기게 잡았다. 이름만 대면 아는 전문가 반열은 아니지만 그래도 어느 정도는 인정받는 수준이었다. 물론 그런 기술을 가지고 다시 회사에 들어갈 수는 있었고 또 실제로 일을 하자는 회사도 있었다. 그렇지만 50이 한참 넘어 도전이라는 단어가 내 몸에서 사라질 때쯤 사회에 나오는 것이 무서웠다. 그리고 무엇보다도 단체 생활이 이제는 싫어졌다. 영화 〈모던타임즈〉에 나오는 주인공은 컨베이어 벨트 공장에서 종일 나사를 조이다가 눈에 보이는 모든 것을 조여 버리는 정신병에 걸린다. 시스템 안에 있다가는 부속품이 될지도 모른다는 생각이 들었다. 그런 상태까지 가지 않으려면 하루라도 빨리 사회에서 부침을 한번 겪어 봐야 한다.

다행히 나에게는 무기가 있다. 그것은 소음 진동 엔지니어라는 명함이다. 어차피 이 기술로 어느 일정 기간은 버텨야 하고 그다음 다른 파생 직업을 찾든지 아니면 전업을 해야만 한다. 그것만이 내가 남을 위해 일을 하는 게 아닌 내 자기 일을 하는 것으로 생각했다.

나를 위해 시간을 할애하고 싶다

내가 대학 다닐 때 한국에 IMF가 있었지만, 학생이라 실감을 하지 못했다. IMF 이후 사회가 급격히 변해서 조금 더 안정된 직장으로 가기 위해 대학원 석사를 마쳤다. 대학 때 IMF라는 것을 겪어 피부에 실감하지는 않지만 시대는 변해 평생직장이라는 개념도 없어지고 애사심이라는 단어도 점점 사라져 가는 시대였다. 그러다가 어느 순간 직원이 아닌 용역, 비정규직이라는 이상한 직업군이 생기기 시작했다. 운 좋게 졸업을 앞두고 직장을 구하게 되어 직장은 두어 번 옮겼지만 한 분야에서 15년을 일해 온 행운도 누렸다. 한국의 제조업이라는 곳이 아침 출근 시간은 있되 퇴근은 정해지지 않는다. 그렇다 보니 아침부터 저녁 아니 밤까지 회사에 있어야 했고, 또 일이 끝나면 회식한다고 또 회사 직원과 어울려야만 했다.

'진짜 내가 원하는 게 뭔가?'

'내가 잘할 수 있는 것이 이것뿐일까?'

라는 궁금증이 들었다. 다시 〈내 인생의 계획서〉로 다시 돌아가자면 일흔 살까지 책 다섯 권 쓰기, 사업해서 몇 살 때는 얼마 정도를 벌겠다, 악기, 서예, 검도 심판 등등 많은 계획이 나이에 맞게 정리되어 있었지만, 만약 직장을 다시 간다면 불가능한 일이었다.

'그래 이것들을 도전 안 해 보고 살 순 없지.'

적어도 나 자신에게는 그럴싸한 정당성을 부여했다. 이것이 내가 사업을 시작한 또 하나의 이유다. 남들은 돈을 벌어야지 무슨 소리냐 하겠지만 돈은 조금 부족하게 쓸 정도만 벌면 되고 우선은 내가 해 보고 싶은 것을 해 보는 것이다. 회사에 다니지 않는다는 것은 그만큼 시간이나 다른 사람에게 얽매이지 않고 내가 통제할 수 있는 시간이 많다는 것이다. 일은 바짝 몰아서 집중해서 하고 일에 대한 재미보다는 삶에 대한 재미를 찾아보는 것이다. 이기적으로 들릴지도 모르겠지만 15년 동안 남을 위해 살아 봤으니 조금은 나를 위해 살아도 되지 않을까 하는 마음이 들었다. 박성철 작가가 《누구나 한 번쯤은 잊지 못할 사랑을 한다》에서 말한 것처럼 인생 스토리에서 지금, 이 순간 망설이고 주저하다가는 많은 좋은 것들이 그냥 흘러가 버릴지도 모른다.

사업은 직장에서 훈련한 결과다

지금 하는 일은 회사에서 15년간의 나를 훈련한 결과물이다.

다케우치 캔의 《10년 후 이과생의 생존법》에는 이런 말이 있다. "전공보다는 내가 회사에서 어떤 일을 했는지, 어떤 일을 하면서 가장 많은 시간을 보냈는지가 더 중요하다." 나에게는 중요한 말이다. 전공도 하지 않은 내가 밑바닥에서 하나하나 배우고 회사에 장비를 들이고 실험실을 지어 보면서 많은 경험을 했다. 살아가면서 전공은 그다지 중요하지 않다. 중요한 것은 시행착오를 거치면서 발전하는 것이다. 시행착오 속에서 임기응변을 배웠고 외부로 실험을 나갈 때는 평상시보다 준비가 더 철저해야 한다는 것을 깨달았다. 역시 깨달음이라는 것은 어떤 순간에 갑자기 온다. 그동안 가지고 있던 생각을 버리고 다른 시선이나 다른 환경에 처했을 때 깨달음이라는 것이 오는 것이다.

그리고 지금 이 자리에 왔다. 이제는 담당자가 아닌 책임자다. 그것도 그냥 책임자가 아닌 내 이름을 걸고 하는 일이다. 실험적인 감각이나 데이터를 처리하는 속도는 예전만 못하지만 그래도 산전수전 겪은 사례나 경험들이 머릿속에 많다. 그러다 보니 웬만하면 한눈에 일을 어떤 방법으로 해야겠다는 것이 눈에 들어온다.

15년의 직장 생활을 돌이켜 보면 한마디로 유럽 무대 100골을 넣은 손흥민의 인터뷰와 같다. "한순간도 내가 잘했다고 생각하지는 않는다. 그저 열심히 했다." 나도 항상 지금의 내가 하는 일이 내가 할 수 있는 최고의 일인 줄 알고 그냥 무덤덤하게 열심히 했을 뿐이고 그러다 보니 더 많이 알게 되었다. 그 순간에는 내가 잘했다고 생각하지 않았다. 앞으로 회사를 키우는 것도 목표지만 내 나이에 맞는 일을 찾는 것도 하나의 목표. 천천히 이 분야에서 가지를 치는 것이다. 지금까지처럼 그저 열심히 하면 된다. 내가 가진 시간이며 에너지를 쏟는다는 점에서는 직장 생활이나 사업이나 다 같다.

'세상일은 모른다.'라는 것이 새삼 다가왔다. 내가 사업자등록을 내고 사업을 한다? 어쩌다 이런 무모한 일을 하려는 마음을 가졌을까? 두 번의 이직과 한 번의 동업 아닌 동업. 그럴싸한 변명으로 나를 시험해 보기 위해서 사업을 시작했다고 말하고 싶지는 않다. 사실은 선택지가 없었다. 다시 회사에 다닐 수도 있었겠지만, 곧 나이에서 커트라인에 걸릴 것 같고, 10년 회사 생활을 하고 명퇴를 하면 경제 생활을 못 할 것 같아 빨리 결정한 것뿐이다. 구차하지만 본의 아니게 사업자등록을 냈을 뿐이다. 구차하든지 그럴싸하든지 간에 내 이름으로 된 사업자가 나왔다. 다른 말로 하면 모든 책임은 내가 진다는 것이다. 마츠오 아키히토의 《주말 사장으로 사는 법》에 "어둡고 긴 터널을 빠져나오려면 자신의 가능성을 한 번 더 믿고 당신만의 바퀴를 발견하는 것이 중요하다. 인생에 너무 늦을 때는 없다."라고 했다.

나는 왜 이 일을 하는가

사업을 하면서 생각한 행복이란 어떤 것인가? 공병호의 《1인 기업가로 홀로서기》라는 책을 읽으면서 성공이란 무엇인가에 관해서 책빈 공간에 써 놓은 것을 발견했다. 책 마지막 페이지에 "2010년 5월 20일 완독"이라고 써진 걸 보니 그 당시에 이 책을 읽으면서 떠오르는 생각을 메모해 놓은 것이다(나는 책을 읽으면 다 읽은 날을 책 마지막 장에 써 놓는 습관이 있다). 그 당시에 내가 생각한 성공이란 첫째, 나를 포함한 가족이 뭘 사고 싶을 때, 뭘 먹고 싶을 때 많은 생각을 하지 않고 쓸 수 있는 경제적 여유. 둘째, 하루에 3, 4시간만 일하고 잘살 수 있는 능력(폴 라파르그 《게으를 권리》라는 책에는 여가를 즐기면서 인간다운 삶을 누리려면 하루에 몇 시간 일해야 하는가에 대한 답으로 3시간을 말하고 있다). 셋째, 내 주위의 사람들을 성공시킬 수 있는 영향력이었다.

사명선언문을 만들다

2016년 초 독서 모임에서 웬디 웰치의 《빅스톤갭의 작은 책방》이라는 책을 읽은 적이 있다. 회사에서 '제살깎아먹기'를 하는 것보다는 행복하기 위해(망하면 행복하지도 않겠지만) 무작정 헌책방을 그것도 시골에 열어 버린 사람의 이야기다. 그 책에는 작은 책방의 사명선언문이 나온다. 그나마 밥을 먹고살기 위한 사업이 되기 위해서는 희망과 끈기라는 단어 실천을 사명 선언으로 정리한 것이다. 그래서 웬디 웰치는 책방의 사명 선언을 한다. (한참 나중에 알았지만 자기계발 분야 책을 보다 보면 사명선언문을 작성하라는 것은 식상

하리만큼 고전적인 방법이다.) 책방은 아니지만, 명색이 회사라고 해서 사업자등록을 했는데 비전이 없으면 안 되겠다 싶어 소소하지만 정말 내가 원하는 회사 사명선언문을 만들고 싶다는 생각이 들었다. 그리고 빅스톤갭의 책방처럼 그 선언문을 보고 희망과 끈기를 계속 불어 넣고 싶었다. 어떤 문구가 좋을까? 그냥 돈을 벌고 사는 것이 아닌 내 마음속의 사명이 필요한 것이다. 나만의 행복이 아닌 남들에게 영향력을 그런 회사가 되어야 했다. 하루하루 먹고살기에 급급한 돈벌이지만 그래도 사명은 있어야 한다. 이런 생각으로 여러 문구를 생각하고 고민했다. 거창하지 않고 내가 할 수 있고, 지킬 수 있는 사명이어야 한다. 3일 동안 심사숙고한 끝에 몇 줄을 완성했다.

1. 우리는 공정한 가격에 서비스를 제공하고 수익을 올리는 가치를 믿는다.
2. 우리가 가진 전문지식으로 고객의 성공을 돕는다.
3. 우리는 지역사회에 책임감 있는 일원이 될 것을 맹세한다.
4. 우리는 이 사업이 신뢰를 바탕으로 이루어져야 함을, 이 모든 일이 고객과 즐겁고 유쾌한 가운데 이루어져야 함을 명심한다.

이 정도면 현재 수준에서 미래를 생각하는 내 사명 선언이다. 일하다가 더 큰 사명이 나에게 주어진다는 생각이 든다면 당연히 이 선언문은 수정될 것이다.

(사명선언문이라는 것을 작성하는 것은 본인의 목표를 만드는 일이다. 회사마다 개인마다 다를 수밖에 없다. 그렇지만 그것을 작성하고 가지고 있느냐, 없느냐는 마음가짐의 차이다. 일을 하다 보면 자의 반 타의 반으로 정도가 아닌 다른 길로 진행될 때도 있다. 이때 그런 사명 선언이 나를 다시 제 위치에 돌려놓을 것을 기대한다.)

회사 이름과 명함 그리고 이메일

사업을 시작하면서 첫 번째 고민은 '회사 이름을 어떻게 짓느냐'일 것이다. 사람 이름처럼 불리기 쉽고 나름대로 의미 있는 이름을 지으려고 노력할 것이다. 한글로 지을 것인가 영문으로 지을 것인지부터 고민을 한다. 나는 회사 이름을 'TNS Tech'로 지었다. 남들이 무슨 뜻이냐고 물어본다. 전체를 풀어쓰면 진동소음을 측정하고 시뮬레이션하는 일을 하니 Test & Simulation의 약자라고 말을 해 준다. 그리고 덧붙여 내 이름 영문 이니셜하고 같다고 말해 준다. 그렇지만 솔직히 고백하는 건데 TNS는 이름은 내 이름인 태의 T와 식의 S를 생각하고 만들었다. 가운데 N은 &를 대신해서 N으로 넣은 것뿐이다. 회사 이름을 고민하는 사람이 있다면 우선 본인의 이름으로 만들면 된다. 이름이라는 것이 불리다 보면 입에 붙는 것이다. 본인 이름의 이니셜로 만들고 회사 이름과 내 이름의 얽인 이야기를 하면 상대방에게 정확히 각인된다. 셰익스피어의 《로미오와 줄리엣》의 대사에는 "이름이란 무슨 소용인가? 장미꽃은 다른 이름으로 불려도 똑같이 향기로울 게 아닌가?"라는 대사가 나온다. 향기가 나나 안 나나 장미는 장미다. 그럴싸하게 이름을 지으려고 하지 않아도 된다. 회사 이름은 큰 의미가 없다. 남들도 그렇게 크게 신경을 쓰지 않는다. 그 사람이 어떤 일을 하느냐가 중요하고 그다음에 그 사람이 준 회사 명함을 보는 것이다.

명함은 본인의 얼굴이다

남에게 첫인사를 할 때 건네는 물건이자 내가 현재 존재하는 이유를 말해 주기도 한다. 사람은 자신이 이 세상에서 필요 없다고 느껴질 때가 가장 불행하다고 한다. 그렇기 때문에 일을 한다는 것은 자신의 현재 존재 이유를 찾는 것이다. 일을 통해서 내가 살아 있음을 느끼고 그런 일로 나를 찾는 사람을 통해 사회적으로 내 위치를 확인한다. 명함에 우선 그 존재를 나타내야만 한다.

지금까지는 회사에서 주는 명함이면 됐다. 일반적으로 회사명함은 앞장에는 회사 이름, 부서, 직급, 주소, 전화번호가 쓰여 있고 뒷면에는 똑같은 내용이 영어나 한문으로 쓰여 있는 단순한 명함이다. 지금 생각해 보면 일을 하면서 외국인을 만날 일이 거의 없음에도 불구하고 기계적으로 명함을 그렇게 만들어 쓴다는 것은 전혀 효율적이지 않다. 이제는 다른 사람이 내 명함을 보고 내가 어떤 일을 하는지를 알도록 고민해야 한다. 예전처럼 단순하게 앞장에는 한글, 뒷장에는 영어로 된 명함은 쓸모가 없다. 내 이름과 내가 하는 일을 딱 한 장에 넣어야 했다. 기본적인 연락처는 기본이고 내가 무슨 일을 하는지에 대해서도 상대방에게 명확한 전달이 필요하다. 내 경우는 우선 명함 앞장에는 일반적으로 회사 이름과 주소, 전화번호 같은 것은 넣고 뒷면에는 절반으로 나눠서 왼편에는 고객에게 지원 가능한 소음 진동용역서비스 분야를 넣고, 오른쪽에는 취급하는 장비들을 넣었다. 이 정도만 해도 한 장에 내가 어디서 무슨 일을 하는지는 알 수 있다.

인터넷 이메일에는 서명란을 잘 활용한다

이메일에는 서명란이라는 것을 할 수 있는 기능이 있다. 여기서 서명이라는 것이 본인이 사인이 아니라 이메일을 보낼 때 항상 쓰는 인

사말이나 메일의 끝에 본인의 회사를 소개하는 문장이나 주소 같은 것들을 미리 삽입해 놓은 것을 말한다. 서명을 이용하면 이메일을 쓸 때 반복적으로 사용해야 하는 문장은 서명에 미리 나와 있으니 본론만 쓰면 되는 장점이 있다.

성공한 사람들이나 기업은 '나는 왜 이 일을 하는가?'라고 생각한다고 한다. 그러나 평범한 삶은 그냥 지금까지 해왔던 일을 관성적으로 한다. 사이먼 사이넥이 쓴 《나는 왜 이 일을 하는가?》라는 책을 인용해 보자면 "'성능과 디자인이 뛰어난 컴퓨터를 만드는 회사니 이 컴퓨터를 사 주세요.'라는 말은 무엇(what)이라는 데 집중하고 있다면 '우리가 하는 일은 세상을 변화시킨다. 그래서 성능이나 디자인이 뛰어나고 결국 이렇게 완벽한 컴퓨터를 만들었다.'라는 문구는 왜(why)라는 질문에 답을 하는 말이다. 결국은 'what'과 'why', 이 차이다."

일반적인 사람은 '무엇'에 초점을 두지만 성공한 사람들은 '왜'에 관점을 맞춘다. 영감을 주고 꿈을 꾸게 하고 '자신만의 성공'이 아닌 '여럿의 성공'을 만들어 낸다는 것이다.

그럼 나 자신을 돌아볼 때 '나는 왜 이 일을 하는가?'라는 질문이 왔을 때 어떻게 답할 것인가?

인류의 평화를 위해서? 빈민 구제를 위해서? 경제 발전을 위해서? 그런 거창한 말까지는 필요 없다. 거창한 말이 아닌 '왜'라는 물음에 답을 주는 문구가 필요하다. 그리고 상대방에게 어필할 수 있는 문장이 필요하다. 그 문장은 이메일을 보낼 때 마지막 서명란에 들어갈 문장이라 신중한 선택이 필요했다. 자기 브랜딩이라는 분야에서 줄곧 말하는 내용이 있다. '스스로를 단 한 줄로 표현할 수 있는가?'

그러면서 본인을 아주 멋진 광고카피 한 줄로 표현할 수 있다면 성공한 것이라고 주장한다. 내가 일을 하는 취지는 나의 성공으로 인해 다른 사람의 성공을 만들어 주는 것이다. 이런 내용으로 내가 하는 일에 대해 그럴듯하게 한 문장으로 설명이 되는 문장이 필요하다. 고심 끝에 이메일 끝에는 항상 같은 말의 서명을 달았다.

"TNS는 당신의 성공을 돕습니다."

내가 다른 사람의 성공을 돕고 그 성공을 통해 내가 도움을 받는 것. 내가 추구하는 목표다. 최종적으로 남의 성공을 통해 같이 일어서는 것이다. 선순환 법칙인 셈이다.

'나는 왜 이 일을 하는가?'에 대한 생각이 항상 필요하다. 이 일을 하는 이유를 남에게 그럴싸하게 보이게 하는 것, 한 번에 어필을 할 수 있는 방법이 필요하다. 그 방법으로는 일하면서 가장 많이 사용하는 명함과 이메일에도 본인을 나타낼 수 있는 정제된 표현이 필요하다.

절약이 미덕이다

제리코너와 리시어스라는 사람이 쓴 《회사형 인간》이라는 책에서는 회사형 인간이라는 말이 나온다. "회사형 인간은 회사가 원하는 틀에 자신을 구겨 넣다 자기 고유의 생명력을 상실한 인간형, 직장에서 살아남기 위해 끊임없이 자신과 타협하며 살아가는 인간형"이라고 했다. 듣기에 거북하지만, 너무 사실적인 표현이다. 한참 동안은 나도 회사형 인간이었다.

직장에 다니면 본인의 노동력을 제공하고 월급이라는 것을 받는 것이다. 그 월급이라는 것 때문에 아침에 일찍 일어나서 밤늦게까지 일을 한다. 정규퇴근 시간은 5시 30분이지만 일반적으로 7시 정도는 돼야 퇴근을 한다. 사실 더 늦은 날이 훨씬 더 많다. 회사에서 있는 시간이 10시간은 족히 된다. 하루 10시간이면 한 달 근무일을 20일로 하면 단순한 계산으로도 200시간이 된다. 200시간의 노동력의 대가가 월급인 셈이다.

월급은 처음부터 사이버머니였다

언젠가 텔레비전에서 쇳물을 이용해서 무쇠솥을 만드는 공장이 소개됐는데 그 회사는 아직도 월급날이 되면 봉투에 현금을 담아서 준 것을 본 적이 있다. 회사에서 돈을 세서 봉투에 담아주는 이유는 별거 아니지만, 그 월급봉투를 주고받는 데서 자신에게 더 뿌듯함을 느끼게 한다는 것이다. 현금을 받은 직원들의 표정도 밝고 봉투에서 얼마의 돈을 각출해서 퇴근길에 회식하는 모습도 정겨웠다. 그 두둑한 월급봉투를 집에 가지고 가서 꺼내 놓을 때 아내가 좋아하는 모습을 보면 일하는 게 참 보람되다고 느낀다는 것이다.

　그렇지만 이런 극소수의 경우를 빼고는 지금은 거의 모든 회사가 월급은 현금으로 나오지 않고 명세서로만 나온다. 2001년도부터 직장 생활을 했지만, 현금은 한 번도 받아 보질 못했다. 급여명세서라고 해서 종이만 한 장 준다. 기본급은 얼마고 세금으로 얼마 정도 감해졌으니 확인하라는 종이다. 심지어 어떤 때는 급여 홈페이지에 가서 확인하라며 명세서조차 안 줄 때도 있었다. 급여명세서를 받으면 가장 먼저 체크하는 것이 이번 달은 얼마나 세금을 많이 냈는가다. 그리고 '이 정도 세금이면 조그만 회사 직원 월급이야.' 하면서 한탄한다. 그 기분도 잠시, 한 시간 안에 모든 돈이 증발한다. 급여통장은행에서 다른 은행, 카드 회사로 이동하는 것이다. 오죽했으면 월급을 우스갯소리로 사이버머니라고 할 정도다. 세금이나 공과금이 빠져나가고 근근이 버텨 가는 생활비만 남는 것을 확인하면 우울해진다. 월급을 받고 그 돈으로 가정을 꾸리지만 다음 월급날 일주일 전에는 통장 잔고가 바닥이다. 그렇게 일주일을 버티다 보면 직장 후배들이 흰 봉투에 내 이름이 붙은 급여명세서를 들고 온다. 월급의 기준은 직원들이 굶어 죽지 않을 정도보다 조금 더 주는 수준이라는 말을 하곤 한다.

　직장동료가 집을 샀다. 축하한다고 했더니

　"축하는 무슨. 이 집은 저 큰 방과 거실 절반만 내 것이고, 나머지는 은행 거야."

　그러다가 갑자기 회사가 어려워진다. "구조조정을 하겠네.", "월급을 삭감해야겠네."라는 말이 흘러나온다. 이 기회에 위로금을 한꺼번에 받고 나갈까? 하는 생각이 든다. 그렇지만 본인도 안다. 위로금으로 대출금 갚고 생활비 쓰면 1년도 못 버틴다는 걸. 그리고 월급 삭감을 운명처럼 받아들인다. '다음에는 회사가 좀 나아질 거야.'라고 생각하면서.

정기적인 수입이 그립다

회사를 그만두고 개인 사업가가 된다는 건 많은 부분에서 장점이 있지만, 단점도 있다. 위에서 말한 에피소드가 사업하는 입장에서는 가장 큰 부러움이다. 가장 큰 단점은 아무래도 정해진 날 통장에 돈이 들어오는 고정된 월급이 없다는 것이 가장 큰 문제다. 회사 생활은 매월 정해진 날에 일정 수입이 들어오고 그 돈으로 가정생활을 한다. 그리고 다음 월급날 일주일 전에는 통장 잔고가 거의 바닥이 되지만 일주일 후에는 생활할 수 있는 돈이 들어온다는 위안을 받으며 생활을 하는 것이다.

그런데 정해진 날 일정한 수입이 없다면 어떨 것 같은가? 당장 통장에 돈이 없는 것도 아닌데 일정 수입이 없다는 느낌은 조바심을 일으킨다. 어느 정도의 생활비가 항상 통장에 있어야 마음이 안정되고 그 이하가 되면 불안감이 밀려온다. 사업을 하는 목적은 무엇보다도 첫 번째는 가정의 재정적 안정이다. 거기에 덧붙여 아침부터 밤까지 일하면서 가정을 상대적으로 소홀히 할 수밖에 없는 직장 생활이 아닌 시간을 내가 관리함으로써 더 의미 있는 삶을 꾸리기 위한 것이다. 개인적인 이야기를 하자면 결혼 후 집안의 재정적인 문제는 내가 관리를 했다. 아내는 돈이 없으면 얼마 정도 필요하다고 말을 했고 나는 그만큼 통장에 이체해 주는 식이었다. 아내는 내가 직장에 다닐 때 월급이 정확히 얼마인지 몰랐다. 지금도 내가 번 돈이 얼마인지 모른다. 반대로 나도 아내의 급여가 얼마인지 모른다. 아내가 일하는 그 분야가 월급이 상대적으로 적다는 것만 알지 정확한 액수는 모른다. 우선 아내는 자기 월급으로 생활하고 부족하면 내가 채워 주는 식이었다. 다행히 서로 씀씀이가 크지 않아서 집을 얻고 차를 샀다. 지극히 평범한 삶을 산 것이다. 누가 집안의 돈 관리를 하든지 절약이 미덕이고 특히나 한쪽이 사업을 하는 입장에서는 더더욱 그렇다.

사업을 시작하려면 적어도 1년 정도의 생활비를 만들어 봐야 한다. 사업을 하면 어느 정도의 시간이 지나야 조금이라도 안정된 수입이 들어올까? 다시 말해 지금은 적자지만 언제쯤 들어오는 돈과 나가는 돈의 회전성이 좋아질까? 많은 사람이 말하길 우선은 3년이라도 한다. 3년이면 어느 정도의 사업 수완이 생기고 충성고객들도 확보할 수 있다. 그렇다면 3년이라는 시간을 견뎌낼 수 있는 돈이 있어야 한다. 말이 3년이지 3년의 생활비를 모아 둔다는 것은 불가능하다. 그래도 최소한 1년 정도의 가정의 생활비를 비축해 둬야 한다.

아무리 사업을 처음 한다고 하지만 조금이나마 수입은 있기 마련이고 1년 정도의 생활비에 최소한의 수입을 합하면 3년은 버틸 수 있다.

절약이 미덕이다

정해진 날 정해진 월급이 없다 보니 불편한 점이 한두 가지가 아니다. 자칫 잘못하면 돈이 많이 들어올 때를 기준으로 씀씀이를 맞춰 버리는 경우가 발생할 수도 있다. 기본적으로 내가 생각한 돈의 30% 정도가 들어온다고 생각을 해야 한다. 예를 들면 이번 달은 100만 원

계약을 했으면 30만 원 정도만 들어온다고 보수적으로 생각해야 한다. 또 들어오는 금액의 50% 선에서 지출을 관리해야 한다. 사람 일이라는 게 생각대로 되는 법이 없다. 일도 사람이 하는 거라 마찬가지다. 마지막 세금 계산서가 끊어지기 전까지는 너무나 유동적이기 때문이다.

내 경우에는 소음 진동 장비를 고객에게 파는 경우보다 시험용역이나 기술지원을 해서 돈을 버는 경우가 많기 때문에 애로점이 많은 편이다. 고객의 입장에서는 시험장비가 없으면 일을 못 하기 때문에 장비 구매는 꼭 해야 하지만, 시험용역은 필수적인 사항이 아니기 때문에 우선순위에서 뒤로 밀린다. 그 때문에 자주 프로젝트 일정이 밀리거나 취소되는 경우도 발생한다. 그러기에 계약서를 쓰고 계산서가 완료되기까지는 항상 유동적이다. 세금 계산서가 발행되고 상대방의 회사에서 돈이 들어와야 일이 끝나는 것이다. 수입은 본인이 컨트롤하기가 불가능하지만, 지출은 기본적으로 자기 힘으로 컨트롤할 수 있다. 돈을 컨트롤한다는 것은 다른 말로 계획성이 있다는 말과 같다.

어쩔 수 없이 절약하는 습관을 기를 수밖에 없다. 부자가 되는 방법이나 사업을 오랫동안 유지하는 방법은 동일하다. 철저한 하나의 원칙만 있을 뿐이다. 들어오는 돈보다 나가는 돈이 더 적어야 한다는 것이다. 만약에 그 반대가 되면 누가 봐도 오래가지 못한다.

사무실을 얻어야 하는 이유

 말로 모건의 《무탄트 메시지》에서는 지구상에 존재하는 모든 것은 반드시 어떤 이유가 있어서 존재하는 것이라고 믿고 있고 모든 것에는 반드시 목적이 있다고 했다. 세상에 이치도 그런데 특히나 사람이 만든 모든 사물은 존재 이유가 있다. 존재 이유는 다른 말로 용도가 있다는 것이다. 도서관은 책을 보기에 적합한 곳이고 집은 가족과 이야기하고 밥을 먹는 곳이다. 카페에서는 차를 마시면서 친구들과 이야기를 하는 곳이다, 요즘 카페에서 다른 일을 할 수도 있겠지만 본질은 어느 정도 정해져 있다. 집에서 공부가 더 잘되는 사람도 간혹 있지만, 집에서는 아무래도 집중이 잘 안된다는 말이 일반적이다. "역시 공부는 도서관에서 해야 해." 하면서 도서관에 간다. 사실 도서관에 가면 다들 책을 읽고 있으니 왠지 책을 읽어야 할 것 같고 공부를 해야 할 것 같은 분위기다.

일하려면 우선 사무실은 필요하다

 그럴싸한 사무실이면 좋겠지만 그러기에는 임대료가 만만치 않아서 부담스럽다. 그래서 요즘은 사무실 없이 일하는 사람들도 있다. 직업군의 차이겠지만 예를 들면 강의나 글을 쓰는 사람들은 노트북으로도 충분히 일 처리를 하는 직업군들이다. 물론 강의하는 사람들도 사무실을 얻어 일하는 사람들도 많다. 그럼 자신만의 독립된 공간이 왜 필요할까? 아침에 일어나면 집이 아닌 다른 공간으로 가야 한다. 그냥 집에 있으면 하루하루가 변화가 없게 될 공산이 크다. 내가 일을 하고 있다는 느낌이 드는 작은 공간이 필요하다. 공간이 크고 작은 것은 큰 의미가 없다. 그 공간은 아침마다 일하러 가는 터전이라는 마음이 들어야 한다. 회사에 다닐 때는 머무를 수 있는 사무실이 있고 내 책상이 있고 내 컴퓨터가 있었다. 최소한의 그런 것들이 어디에 소속되어 있다는 소속감과 경제생활을 하고 있다는 안정감을 준다. 장소는 단순히 장소의 의미보다는 긴장된 마음을 갖게 해 준다. 이런 소속감과 안정감을 느끼기 위해서는 당연히 사무실이라는 공간이 필요하다.

자료를 정리해 놓을 수 있는 공간이 있어야 한다

회사를 떠나면서 회사에서 일한 모든 관련 자료는 후임에게 다 넘기고 컴퓨터는 포맷했다. 내가 가지고 나온 것은 내 몸과 그동안 업무를 해 오면서 모아 두었던 책들과 이것저것 자질구레한 물건들뿐이다. 그렇지만 그 양이 승용차 트렁크와 뒷좌석까지 차지했다. 누가 보면 회사 자료를 빼돌린다고 생각할 정도였다. 우선은 내 물건이기도 하거니와 두고 나와 봐야 짐이 될 게 뻔해서 내가 들인 것은 내가 버린다는 마음으로 다 실었다. 두 번째 회사에서 7년 정도 엔지니어 생활을 하다 보니 관련 책들과 물건들이 많기도 했다. 일하면서 직접적으로 회사 업무와 관련된 자료가 아니더라도 참고할 책이나 2차 3차로 가공된 자료들이 많아진다. 아무리 컴퓨터에 저장해 뒀다 하더라도 바인더로 주제별로 철을 해 놓고 주기적으로 찾아보는 경우가 많다. 그것들이 들어갈 공간은 필요하다. 일하고 나면 보고서를 쓰고 그 보고서 파일을 둘 책장, 일하면서 참고해야 하는 자료들이 들어갈 책장을 둘 공간이 필요하고, 앉아서 일을 해야 하는 경우는 책상도 필요하다. 이렇게 생각하면 아무리 작아도 책장, 책상 1개씩은 들어갈 공간이 필요하다. 거기에 실험용역을 주 업무로 하는 나 같은 입장에서는 계측기를 비롯한 실험에 필요한 물건들도 한 살림 차지한다. 아시는 분은 그런 장비들 때문에 건물 1층을 통째로 빌려 워크숍으로 사용하는 경우도 있다.

손님을 맞을 공간이 필요하다

일을 하다 보면 고객들이 찾아오는 경우가 종종 있다. 그럴 때는 커피라도 한잔할 수 있는 테이블이 필요하다. 커피라는 것도 간편하게 마실 수 있는 것 같지만 자동판매기가 아닌 이상 손이 많이 간다.

커피포트, 커피잔, 종이컵, 커피, 설탕, 일회용 커피믹스까지 있어야 한잔을 마실 수 있다. 신변잡기의 말이 아니라 일에 대한 이야기를 진지하게 하려면 카페보다는 아무래도 사무실 분위기가 나는 공간이 낫다. 회의를 할 때는 자료들을 펼쳐 놓거나 노트북의 자료를 가지고 이야기를 해야 하는 경우도 있다. 카페에서 그럴 수는 없는 일이다. 또 그 공간은 개인적으로 휴식을 취할 때도 사용된다. 일하는 것도 중요하지만 쉬는 것 또한 중요하다. 하루 종일 책상에 앉아서 일만 할 수는 없는 일이다. 외근도 다녀야 하고 사람도 만나야 한다. 외부 일을 마치고 돌아오면 사무실은 일하는 장소가 아니라 잠시 쉬는 공간이다. 집처럼 침대를 두고 자는 그런 곳은 아니지만, 뒤로 기댈 수 있는 소파나 의자 정도는 있어야 한다. 가끔 진짜 쉬고 싶을 때를 위해 조립식 야전침대나 침낭도 필요하니 평상시에는 그것들을 숨겨 둬야 할 공간도 필요하다.

간소하게 목적에 맞는 필요한 공간을 구한다

사무실을 하나 얻으려면 돈이 예상외로 많이 들어간다. 임대료를 빼더라도 사무용품은 기본이고 간단하다지만 집에서 자주 쓰는 거의 모든 가전제품이 필요하다. 오피스텔이나 건물에 사무실을 하나 임대하는 방법이 일반적인 방법이다. 요즘에는 작은 아파트를 하나 얻는 경우도 많이 있다. 집에서 멀지 않은 곳이나 평상시 본인이 많이 움직이는 지역에 있는 작은 아파트를 싸게 얻어 쓰는 경우도 있다. 중요한 것은 목적에 맞는 크기로 얻어야 한다, 나중을 위해서라고 큰 것 얻는다는 생각은 금물이다. 임대료도 임대료지만 공간이 크면 당연히 고정비가 많이 올라간다. 그렇다 보니 요즘에는 다른 사람과 사무실을 같이 사용하는 공유 사무실을 이용하는 경우도 많다. 가끔 공간이 필요한 사람들과 같이 쓰고 소정의 돈을 받고, 그걸로 사무실 유지비를 할 수 있다는 장점이 있다지만 아무래도 내 공간이라는 생각보다 공동의 공간이라는 개념이 강해서 다른 사람의 눈치를 볼 수밖에 없다.

회사가 아닌 개인 사업을 하면 최소한 회사에 다니는 1.5배나 2배는 더 벌어야 한다고 남들은 말한다. 그 말의 이면에는 사무실 같은 고정비가 들어가기 때문이다. 사무실 임대료에, 관리비, 수돗물, 하수도비까지 모든 것이 고정비다. 어차피 얻어야 할 사무실이라도 큰 공간보다는 본인에게 딱 맞거나 조금 부족한 공간을 얻어야 지출이 그나마 줄어든다. 회사를 차리면서 우선적으로 버려야 할 고정관념은 좋은 사무실을 구하고 직원을 뽑아서 규모 있게 시작해야 한다는 것이다. 혼자서 천천히 시작해서 차차 늘려 나간다는 마음으로 고정관념을 바꿔야 한다.

고정비는 최소로 줄여라

어떻게 해야 할지 아무것도 모르는 상태에서 사업을 하려고 생각했을 때 가장 먼저 눈에 들어온 것이 1인 사업에 관한 책들이었다. 집 옆 도서관에서 키워드로 '1인 기업'을 검색해 관련 책을 빌려다가 한 달을 읽었다. 원래 책이라는 게 한 가지 주제를 가지고 쓰는 거라 첫 한두 권의 책이 어렵지 그다음 책부터 내용이 비슷해서 읽는데 속도가 붙는다. 오래전부터 책을 읽고 블로그에 어떤 책을 읽었고 느낀 점은 어땠으며 책을 읽으면서 줄을 친 문장들은 옮겨 적고 있다. 블로그를 보니 사업이라는 분야를 한창 보던 게 2015년부터였다. 내가 2015년 후반에 사업자등록을 했으니 그때부터 이 분야를 읽어 오면서 나름대로 어떤 구상을 하고 있었다고 볼 수 있다. 단순히 편하게 본인이 원하는 질문에 답을 얻으려면 먼저 사업을 시작한 선배에게 물어보는 것도 좋지만 책을 통해서 내가 선택한 분야와 사업수완에 대한 개념이 제대로 서야 사업이 짧게는 3년 길게는 10년 이상을 갈 수 있을 것 같았다. 5년을 버틴 사업은 10년을 버티고 10년을 버틴 사업은 평생을 버틴다고 했다. 결국 5년 정도는 위기에 대응할 비용과 자세를 가지고 있어야 한다.

그중에 가장 크게 다가온 것은 역시 '돈'에 대한 부분이었다. 아시는 분이 작은 자동차 부품 회사를 운영하는데 "회사는 큰돈에 망할 수도 있지만 하찮다고 생각하는 몇 만 원이 없어서 부도가 나는 경우도 많다. 항상 고정적으로 나가는 돈을 잘 관리해야 한다. 비용은 줄일 수 있는 한 지나치다고 생각될 정도로 최대한으로 줄여야 한다."라고 했다. 그런 말을 들어서인지 고정비에 대한 부분이 신경 쓰였다. 일하면서 발생하는 경비 중에 먹을 거 입을 거, 운전하면서 쓰는 경비가 많이 들어가는 것 같지만 일 년을 두고 비교해 보면 그리 큰 돈이 아니다. 또 이것들은 조금만 보수적으로 운용하면 아낄 수 있는 돈이기도 하다. 그렇지만 고정비라는 것이 고정적으로 들어가는 돈이라 아낀다고 아낄 수 있는 부분의 돈은 아니다. 예를 들면 인건비나 전기, 수도세, 사무실 임대료 같은 것들이다. 이런 고정적으로 나가는 비용을 줄여야 한다는 것이다. 특히 그중에 가장 큰 것이 인건비와 사무실 임대료다. 사람이 혼자 일하는 양은 한계가 있는 것이라 사업을 확장하려면 직원이 있어야 하고, 일하려면 책상 하나라도 놓을 일정 공간은 있어야 한다. 아이러니하게 이 두 부분이 고정비의 대부분을 차지한다. 사업이 번창하려면 어쩔 수 없이 이 부분은 커질 수밖에 없다. 그렇지만 그전까지 혼자서 일하는 경우는 조금 융통성을 발휘할 수 있다.

고정비 중에 가장 큰 부분이 인건비다

사람을 한 명 쓴다는 것은 한 명이 아닌 그 사람의 가족 전체를 부양하는 것이다. 그래서 더더욱 사람을 들이는 것은 조심해야 한다. 마음에 안 든다고 그만두게 하는 건 그 사람의 가족에게 큰 고통을 줄 수 있기 때문이다, 마음대로 뽑았다가 좀 쓰다가 가치가 없어지거나 일이 없다고 내치는 그런 것은 절대 하지 않아야 한다. 사람이라는 게 멀리서 보면 잘하는 것처럼 보여 같이 일하고 싶지만, 막상 가까이 두면 생각했던 만큼 못하는 게 대부분이다. 멀리서는 그 업무만을 봤고 가까이에 있으면 업무 이외에 다른 것들도 복합적으로 보이기 때문이다. 사장과 직원은 원래 다른 사람이다. 직원은 회사에서 쫓겨나지 않을 만큼만 일하고 회사는 직원이 나가지 않을 만큼만 월급을 준다. 전진문의 《경주 최 부잣집 300년 부의 비밀》을 보면 사용자인 기업가는 언제나 생산성 향상이나 합리성에 관심을 두지만, 노동자는 공정성이나 인간성의 존중과 같은 민주성에 많은 관심을 보이기 때문에 이 두 집단은 조화를 이루기가 매우 어렵다고 했다. 그래서 늦게까지 일하는 사람은 사장이다. 직원에게 그런 것을 바라면 반드시 후회한다. 직원이 자기 일만이라도 충실히 하는 것도 직원으로써 일을 충분히 잘하는 것이다.

　나도 그런 경우가 있었다. 멀리서 봤을 때는 다른 사람보다 잘하는 것 같고, 또 학위를 취득해서 보고서 작성이나 국가과제를 잘하리라 생각하고 나와 같이 일을 하자고 제안받은 적이 있다. 그렇지만 막상 옆에 두고 나니 본인이 생각한 수준에 못 미쳤을 것이다. 그래서 결국은 술 한잔하면서 나에게 말을 했다. "학위를 해서 뭐 좀 나을 줄 알았는데 실망이다." 결국 그 사람은 나를 볼 때 같이 일을 하고 싶어 한 게 아니라 나의 역량 이외의 것에 대해 뭐가 있지 않을까 하는 바람으로 나에게 일을 같이하자고 제안했던 것이다. 물론 나는 그 사람의 바람에 반해 역량이 한참 뒤졌던 것은 사실이다. 나는 파트타임으로 학위를 했을 뿐이고 하루의 대부분은 직장 생활을 했기 때문에 다른 사람과 다를 바 없었다.

　실제 사람을 곁에 두고 만족하면서 쓸 수 있는 경우는 별로 없다. 그러고 나면 그 사람에게 들어가는 돈이 아깝다고 느끼기 시작한다. 큰 회사는 사람이 많아서 이 사람의 실력이 좀 떨어지면 다른 사람이 도와줄 수 있다. 그리고 월급은 내 돈이 아니라 회삿돈이라는 생각

때문에 일을 못 하는 사람도 그냥 인정해 줄 수 있다. 그렇지만 작은 회사는 그럴 수가 없다. 회사운영비는 결국 내 통장에서 나가기 때문이다. 그렇기 때문에 대표는 그 사람에게 주는 돈에 비해 일을 더 했으면 더 많은 돈을 벌어 왔으면 하는 바람들이 있는 것은 당연할지도 모르겠다. 직원은 직원대로 본인이 일을 많이 한다고 생각하지만 사장의 눈에는 부족할 수밖에 없다. 나는 될 수 있으면 사람을 안 쓰는 편이다. 일하는데 여러 사람이 필요하지도 않지만 만약에 필요하다면 아르바이트를 쓴다. 아르바이트는 대학원생들을 쓰는 편이다. 전문가는 아니지만 그나마 기술을 흉내 정도는 내는 수준이다. 거기에 대한 보상은 한 학기 등록금을 한번 내준다든지 아니면 적지 않은 금전적인 사례를 한다. 대학원생과 같이 일을 하면 모든 것은 내가 해야 한다. 대학원생들은 오로지 시험 보조만 하게 하고 실험부터 보고서까지 전부 내가 해야 한다. 조금 손이 많이 가고 어려운 실험은 전문가와 같이한다. 지금 나랑 가끔 일하는 두 친구는 그 분야에서 오랫동안 해 왔고 기술적으로도 나보다 더 잘하는 친구들이다. 옆에 두고 싶지만, 경험상 그것은 서로를 위해 안 좋을 것 같아 외주 용역으로 같이 일을 한다. 일을 맡겨 두면 자기 부분은 확실히 처리해 주니 나머지 부분만 내가 신경을 쓰면 된다. 그리고 그 일이 끝난 후 정당하게 사례를 한다. 사업 특성상 많은 장비나 사람이 필요하지 않은 부분은 이렇게 인건비 처리를 하는 게 바람직하다. 사람을 한 명 쓴다는 것은 그 사람 연봉의 2배 정도를 생각해야 한다. 예를 들어 연봉이 3000만 원이면 월급을 제외한 4대 보험이며 사람이 움직일 때 들어가는 경비가 발생하기 때문에 5, 6천만 원은 들어간다고 직장 다닐 때 총무부에서 들은 기억이 난다. 그렇다고 생각하면 그 직원은 자기 연봉의 3배는 벌어야 제 몫을 하는 셈이다. 적어도 3배를 벌지 못하면 존재 가치가 없는 것이다. 직원을 뽑아 3배의 실적을 내지 못한다면 직원을 들이지 않고 전문가끼리 하는 것도 나쁘지 않은 방법이다.

두 번째는 임대료다

고정비가 많은 것으로는 두 번째가 사무실 임대비용이다. 거창한 사업은 아니더라도 어떤 일을 하는 데는 집이 아닌 별도의 사무실이 필요하다. 사무실이 있냐? 없냐는 자기의 일을 대하는 태도에 영향을 미치기 때문이다. 그렇지만 그것은 적지 않는 고정비가 들어간다. 어떻게 해서든지 가장 적은 비용으로 사무실을 얻어야 한다.

나도 처음에 이 문제를 어떻게 할까 고민을 했었다. 가장 좋은 방법은 사무실을 안 얻던지 얻더라도 남의 사무실의 작은 공간을 공용으로 쓰면 되는데 아무리 공용이라지만 빌려 쓰는 거라 작은 사례는 해야 한다. 그리고 공용이라는 것이 어쩔 수 없이 서로의 눈치를 보기 마련이다. 그렇다고 사무실이 없다면 아침에 출근해야 하는 공간이 없는 셈이다. 사무실은 단순히 공간의 문제가 아니라 사무실이 없다는 것은 마음의 간절함과 긴박함이 없는 것과 같다. 번듯하지는 않지만 일을 하는 공간이 있어야 한다. 사무실의 상징성은 앞에서 언급한 것처럼 공간개념 이상이다. 고민한 끝에 사무실 문제는 해결했다. 대학교 실험실을 그대로 사용하는 것이다. 그 공간은 내가 학위를 할 때 틈틈이 사용했던 곳이다. 그냥 한번 담당 교수에게 사정 이야기를 하니 고맙게도 흔쾌히 쓰라고 했다. 학교 연구실은 최적이었다. 공간도 넓고 실험용역 갈 때 쓰는 장비를 두기도 편했고 여름이면 에어컨, 겨울이면 히터가 공짜로 제공되었다. 그리고 학교 식당은 가격도 저렴했다. 또 학교 안에 있기 때문에 사무실 위치를 말할 때 남들에게 말하기도 편했다. 어디 대학교 몇 호관 몇 호라고 말하면 된다. 또 일손이 부족할 때 아르바이트로 대학원생을 쓰려고 해도 바로 도움을 요청할 수 있었다. 부수적인 효과로 고객들이 듣기에는 대학교에 사무실을 하나 얻어 일하는 것 같은 효과도 났다. 문제는 가끔 외부인이 찾아오는 경우인데, 그것도 세미나실을 한두 시간 대여하면 해결되었다. 그게 돈이 들어가는 것도 아니었다. 지금까지 이 공간을 사용하고 있다. 이 기간에 비용만 환산해도 적지 않는 금액이다. 물론 이제 슬슬 나갈 준비를 해야 한다. 언제까지 이 공간을 무상으로 사용할 수도 없기 때문이다. 그렇지만 당장 나가도 지금까지 무상 비슷하게 썼으니 그만큼 고정비는 절약된 셈이다.

남에게 보이는 것도 중요하다

지금까지 옷은 나에게 단지 기능성이었다. 몸을 가려 주고 겨울에는 따뜻하면 되는 그 정도의 물건이었다. 혼자서 옷을 사 본 일은 거의 없다. 옷이나 신발을 살 때도 매장에 가서 한번 입어 보고 괜찮다고 말하면 두말하지 않고 사는 편이다. 회사에 다니면 옷은 봄가을, 겨울에 한 벌씩 받는다. 게다가 신발도 주기적으로 바꿔 준다. 그러다 보니 집에 옷이 몇 벌 없다. 두어 벌로 계절을 나고 한 번 사면 5, 6년은 입는다. 옷소매나 옷깃이 해어질 정도까지는 입는다. 적어도 내가 생각하는 옷은 그런 것이었다.

결혼 후 가끔 본가에 내려갈 때마다 부모님께서 "이제 결혼도 했으니 옷도 차려입고 다녀라. 학교 다닐 때처럼 막 입고 다니지 말고."

"네가 욕먹는 게 아니라 처가 욕먹는다. 남편 옷도 안 챙겨 준다고."

그때는 몰랐다. 이제는 왜 그런 말씀을 하셨는지 이해가 된다. 일하면서 남에게 어떻게 보여지느냐도 중요하다. 평범하게 보이냐? 나이에 맞게 점잖게 보이냐? 첫 기준은 옷이고 두 번째는 어쩔 수 없이 차다.

옷차림은 상대방에 대한 예의다

회사에 다니지 않으면 옷에 신경을 쓰게 된다. 적어도 고객을 만날 때는 정장으로 가고, 강의를 하러 갈 때는 넥타이를 바꾼다든지, 양복 색깔을 바꾸는 식으로 변화를 주기도 한다. 자연스럽게 옷이 많아진다. 와이셔츠도 색깔별로 계절별로 여러 개가 있다. 계절별로 정장은 아니지만, 양복 상의는 서너 개를 가지고 있게 된다. 처음에는 이런 옷차림이 불편하지만 익숙해져야 한다. 사무실에 와서 옷을 다시 갈아입더라도 밖에 나갈 때는 상대방에 대한 예의다. 사업을 하면서 새롭게 적응하는 생활방식이다. 그러다 보니 사무실에는 와이셔츠와 양복 상의, 넥타이가 항상 준비돼 있다. 강의하면서는 조금 편하게 옷을 입는다. 남자들이야 양복 입고 앞에 서면 크게 무리는 없다. 가끔 가는 중고등학교 강의는 청바지를 자주 입는 편이다. 사실 청바지는 중학교 때 입어 보고 그 뒤로는 입어 본 적이 없다. 왠지 갑갑하고 청바지가 살에 닿는 그 느낌이 싫었다. 그렇지만 청소년들 앞에 서면 양복보다는 캐주얼하게 입어야 서로 편하기 때문에 청바지를 중학교 이후 처음 입어 봤다. 요즘 청바지는 예전과 느낌이 다르다. 청바지와 색깔 있는 재킷을 걸치면 캐주얼하게 보인다. 사람을 처음 볼 때 제일 먼저 눈에 들어오는 것은 옷차림과 자세다. 입는 사람도 좀 갖춰 입으면 행동이 조심스러워진다. 같은 사람이 예비군복을 입느냐, 양복을 입느냐에 따라 행동을 달리할 수밖에 없다. 내면이 중요하다는 말은 나중에 친근감이 생겼을 때 이야기일 뿐이고 고객이나 사람을 만날 때는 옷을 차려입어야 한다. 사업은 남에게 보이는 것, 외모도 상당히 중요하다.

차가 나의 첫인상이 될 수도 있다

내 차는 오래된 차다. 내가 남들이 어떤 차를 타는지 관심이 없어서 그런지, 남들도 나처럼 상대방의 차에 대해서는 무관심할 거라고 생각했다. 그렇지만 사람을 만나는 일을 하는 사람에게는 자동차는 단지 바퀴 달린 차가 아니다. 자동차는 그 사람의 위치를 나타내는 것이기도 하다. 상대편이 어떤 차를 타는지를 먼저 보는 사람도 의외로 많다. 그 사람이 본인이 생각할 때 그 위치에 맞는 차를 타는지를 보는 사람도 있다. 검은색 상위클래스 차를 타면 주차를 해 주고 소형이나 경차를 타면 주차를 해 주지 않는다는 한참 전에 회자되었던 이야기는 아직도 유효하다. 동생은 차를 자주 바꾼다. 5년 이상 타지 않는다. 게다가 상당히 고급 차로 바꾼다. 이유는 간단하다. 회의한다고 관공서에 들르거나 직원들이 일하는 공사장에 들르는 경우 사람들이 우선 차를 본다고 한다. 고급 차면 격이 있게 소형차면 그냥 그저 그렇게 본다는 것이다. 사람과 차는 별개임에도 불구하고 어쩔 수 없이 남들 시선이 신경 쓰인다고 한다. 주위에 강의를 전문으로 하는 사람이 있다. 그 친구의 차도 고급이다. 물론 전국을 누벼야 할 '운수업(?)' 입장에서는 아무래도 고급 차가 덜 피곤하다. 그렇지만 남들이 보는 이목도 무시 못 한다. 강의장에서 가까운 주차장에 차를 세우면 누군가는 '그 강사 어떤 차를 타더라.'라고 말을 한다고 한다. 옷은 단정하게 입고 오래된 양복이라도 입으면 해결되지만 차는 오래되면 차체가 녹이 슬어서 할 수 있는 방법이 없다. 녹슬고 돌에 맞아서 패이고 하는 차는 세차를 한다고 해결될 일은 아니다. 어쩔 수 없이 조금 고급스러운 차 한 대가 더 필요하다. 이런 문제를 해결하기 위해 차를 렌트해서 타고 다니는 사람도 꽤 있다. 그리고 3, 4년에 한 번씩 새 차로 바꿔서 탄다. 사업은 남에게 보이는 것도 중요하다. 상대방의 입장에 봐서는 첫 만남 때 볼 수 있는 것이 제한된다. 극단적으로 말해서는 옷차림과 타고 다니는 차가 다일지도 모른다. 시간이 지나면 그런 모습보다는 인간적인 모습도 보겠지만 처음은 보여줄 게 별로 없다. 차가 내 첫인상이라는 게 서글프지만, 상대방의 입장에서는 차가 내 첫인상일 수 있다.

견적 내는 법

  작은 회사는 대기업처럼 이익은 작지만, 많이 팔아서 매출을 늘리는 박리다매를 할 수는 없다. 이런 방식은 괜한 힘만 들 뿐이다. 적은 이익이라도 많이 파는 이런 방법보다는 확실하게 부가가치를 생각해 일정 수준의 수익을 내는 방법을 고민해야 한다. 회사끼리 어떤 일을 시작하면 그 일이 잘 진행될 것인지, 어떻게 진행할 것인지를 사전에 협의하고 어느 정도 확신이 서면 실제로 일을 진행한다. 그때 가장 먼저 하는 것이 견적을 상대방의 회사에 내는 것이다. 견적서는 한마디로 '이 프로젝트를 끝내는 데 이 정도 돈이 드니 이 금액이 타당하면 일을 진행합시다.'라는 명세서다.

단순히 몇 퍼센트 마진을 붙여서 내지 말아야 한다

  회사마다 견적을 내는 기준은 다르겠지만 기본적으로 제품을 판다면 제품값에 얼마 정도의 마진을 붙여서 내는 수준이다. 용역을 맡게 되면 장비 감가상각, 직접, 간접 인건비 등을 고려해서 견적을 제시한다. 그렇지만 단순히 그렇게만 생각하고 견적을 내야 할까? 생각해 볼 게 몇 가지 더 있다. 제품을 파는 경우의 예를 들면 단순히 팔고 끝나는 경우도 있지만, 상황에 따라서는 사용법을 알려 줘야 하는 경우도 많다. 사용법 교육 때문이라도 한두 번은 시간을 내서 고객의 회사로 가야 한다. 여기서 한 번 더 생각해 봐야 할 것은 담당자가 바뀔 수 있다는 것이다. 기껏 시간 내서 교육했는데 몇 개월 후 사람이 바뀌어서 다시 교육해야 하는 경우도 자주 발생한다. 이럴 때를 고려해 출장 횟수를 두 배로 생각해 견적가에 포함해야 한다. 안 바뀐다고 해도 우선은 출장은 두 배수로 계산한다. 한두 번 교육으로는 끝이 안 나고 생각보다 자주 가야 하는 경우가 많다. 심지어는 교육이 끝났는데 담당자가 바뀌었다고 2, 3년 후에 재교육을 요청하는 때도 있다. 본인의 하루 출장비가 얼마인지를 생각해서 견적에 포함해야 한다. 또 상품을 판매할 때도 반드시 본인의 월급을 포함한 인건비를 고려해야 한다.

회사는 현금을 주지 않는다

회사는 내규상 짧게는 1개월 길게는 6개월에 걸쳐 돈을 나눠주거나 전자어음을 발행하는 경우가 대부분이다.

예를 들면 1,000원짜리 물건을 팔았는데 정작 본인은 본사에 현금을 지불하고 상대방 회사에서는 6개월 후에 돈을 받는다면 얼마를 책정해야 할까? 단순히 마진을 20% 붙여서 1,200원을 받으면 될까? 단순하게 20%라고 하면 결국 200원을 벌기 위해 최대 6개월을 기다려야 할 수도 있다. 100원이라는 예를 들어 말하니까 얼마 안 되는 돈 같지만 만약에 3000만 원이라면 말이 달라진다. 당장 수중에 큰 돈이 없으니 은행에서 대출을 받아 우선 본사에서 물건을 산다고 생각하면 3000만 원이라고 생각하면 원금에 대한 이자가 나간다. 그리고 6개월 후 최대 600만 원을 이익은 본다고 생각하면 은행 이자를 생각하지 않고도 한 달에 100만 원 수준밖에 못 버는 꼴이다. 은행에 돈을 빌리지 않으려면 전자어음이니까 은행에 수수료를 물고 할인을 받을 수도 있다. 어떻게 생각하든 이래저래 손해가 난다. 또 많은 회사가 견적을 내면 최종계약단계에서는 네고라는 것을 한다. 한마디로 가격을 조정하는 것이다.

"아무리 생각해도 좀 비싼 것 같으니 깎아 주세요."

"10만 원 단위 이하는 빼주세요."라는 요청 같은 것이다.

심지어 어떤 회사는 "회사방침이 10~15% 네고입니다. 13% 정도 깎아 주세요."라는 회사도 있다. 어렵사리 관계를 맺은 회사고 계속 관계를 맺어갈 사이인데 거절하기 쉽지 않다. 설상가상으로 네고까지 하고 위에서 언급한 것처럼 돈을 빌리거나 은행에서 할인까지 받는다면 수익은 더 줄어들 수밖에 없다.

상호 간의 충분한 협의가 필요하다

이런 여러 상황을 보면 견적은 그냥 마진 몇 퍼센트를 붙여서 내는 것이 아니다. 충분히 협의하고 내야 한다. 한번 나간 견적서는 공식 문서이기 때문에 상대방의 회사에서 정식 결재선상에 올리면 협의가 불가능하다. 한마디로 손해 보고 장사해야 한다. 일도 사람이 하는 거라 이런 문제는 처음부터 대화로 풀어야 한다. 상대방 회사의 회사 내규를 먼저 물어보고 결제조건을 물어보고 담당자에게 자초지종을 설명하고 양해를 구해야 한다. 계산서 발행 후 은행에서 다음 달에 그 돈을 대출받는다고 생각하고 은행 수수료까지를 포함해 견적에 포함해서 일을 진행하자고 양해를 구한다.

장사는 당연히 밑져서는 안 된다. 최악의 순간은 본전치기다. 엄밀히 말해서 본전치기도 그간의 수고와 시간을 생각하면 손해를 본 것이다.

이럴 때는 계약을 빨리 파기해야 한다. 다음을 위해서다. 한번 굳어져 버리면 이후에는 변경하기 어렵다. 다음번에는 단가가 낮아지면 낮아졌지 올려 주는 법은 없다.

사업이라는 것은 최종 돈을 버는 것이 목표다. 정당하게 요구하고 정당하게 주고받는 것이다. 서로 간의 거래에서 한참 기대 이하의 수익이 생긴다면 적어도 나에게는 정당하지 못한 것이다. 정당하지 못하면 내가 상대방 회사에 더 많은 도움을 주기가 어렵다. 견적 내기가 어렵다면 차라리 속 시원하게 물어본다. 이 건에 대해서 금액은 어느 정도 생각하고 있는지, 예산은 얼마인지 단도직입적으로 물어보고 거기에 맞춰서 견적하는 방법도 좋은 방법이다. 사실 혼자서 일하는 입장에서는 100만 원이나 80만 원이나 큰 차이가 없다. 제경비 같은 것들이 나가지 않으니 금액에 여유가 있다. 내가 생각한 것만큼은 아니지만 조금 양보해서 성사될 금액이라면 대범한 마음으로 거래하면 된다.

일을 진행하면서 가장 먼저 오가는 것이 견적서다. 견적서는 단순히 서류 한 장이 아니다. 최대한 큰 마진으로 견적서를 제출해야 한다. 그래야 네고나 다른 이유에서도 운신의 폭이 있는 것이다.

부가세 통장은 따로 만든다

'밤의 대통령'이란 별명을 가진 미국의 유명한 마피아 두목 '알 카포네'가 있다. 이 사람을 소재로 영화로도 만들어졌으니 유명한 것은 틀림없다. 한 해 총수입이 1억 달러인 세계 최고의 시민으로 기네스북에 올랐다고 한다. 물론 마피아 두목답게 비정상적인 방법인 매춘이나 도박, 특히 밀주로 돈을 벌었다고 한다. 이 알 카포네가 한 말이 있다.

"FBI보다 무서운 게 세금 추징하는 사람이다."

마피아 대부로 많은 사람을 죽여 살인죄나 밀주, 밀매 같은 것이 아니라 알 카포네의 죄명은 탈세 혐의였다. 그러니 경찰보다 무서운 것이 세금이라는 말이 나왔을 것이다.

지금도 별반 다르지 않다. 우편물 중에 가장 받기 싫은 우편물이라면 국세청이나 시청에서 보낸 것이다. 우선 국세청 우편물을 보면 우선 겁이 난다. 또 뭐지? 세금 내라는 소린가? 그다음은 시청에서 오는 것이다. 내가 교통위반 했나? 무슨 범칙금인가? 세금인가?

사업은 세금과의 싸움이다

요즘은 거의 국세청 홈페이지에서 전자 세금 계산서를 발행한다. 국세청에서 전자 세금 계산서를 발행하면 아무래도 투명하게 이력이 관리가 되기 때문에 나라에서도 세금관리가 쉬울 것이다. 전자 세금 계산서를 발행하면 자동으로 부가세가 포함된다. 부가가치세의 정의를 보면 유통 과정에서 생긴 부가가치에 대해서 최종 소비자가 부담하는 간접세라고 되어 있다. 한국의 부가가치세율은 10%다.

예를 들면 100만 원인 물건을 10% 세금을 더해서 계산서는 110만 원으로 발행된다. 정해진 날짜에 통장으로 110만 원이 들어오고 나중에 10%인 10만 원은 부가세로 환급을 하거나 반대로 내가 물건을 구입했다면 환급을 받는다. 부가세는 물건을 사는 사람이 국가에 지불해야 할 돈을 파는 사람이 미리 받아 둔다고 생각하면 된다.

그렇기 때문에 10%는 내 돈이 아니라는 것이다. 우선 남의 돈이 내 통장에 들어온 것뿐이고 일 년에 최소 두 번은 환급해야 한다. 개인 사업자는 원칙상 두 번이라지만 부가세 예정 고지까지 합치면 네 번도 될 수 있다. 생각지도 않은 돈이 많게는 네 번이나 나가야 하므로 이 돈을 내는 전용 통장이 필요하다. 우선 사업을 시작하고 은행 계좌를 만들 때 사업자 통장 이외에 부가세 통장을 따로 만들어 놔야 한다. 그리고 수익이 생기면 10%인 부가세는 당연히 그 통장으로 입금해 놔야 한다. 그 통장은 다른 용도로 쓰면 안 되고 부가세나 세금 내는 목적으로만 운용해야 한다. 자칫 써 버리면 예정 고지나 확정 신고 때 힘들어진다. 적은 돈이면 모르겠지만 100만 원이 넘어가는 돈들은 빌리기도 쉽지 않다. 빚내서 부가세를 내야 하는 경우가 생기면 안 된다. 그렇기 때문에 반드시 통장을 따로 만들어 둬야 한다. 이렇게 해도 시기상 애매한 경우가 있다. 계약해서 계산서를 발행했지만, 상대방 회사의 내규에 따라 진짜 돈은 몇 개월 후에 들어오는데 부가세는 그 안에 내야 하는 경우다. 나도 일을 하면서 돈을 쓰기 때문에 부가세를 내는 것과 받는 것을 생각하면 아무래도 실제로 국세청에 내는 돈은 내 생각보다 적기 마련이다. 그렇지만 앞서 말한 것처럼 시기적으로 애매하게 큰돈이 들어가야 하는 경우도 발생한다. 그렇기 때문에 부가세 통장은 1년 동안 부가세를 다 내고 통장에 돈이 많이 남았더라도 그냥 두는 편이 낫다. 그냥 그 통장 돈은 내 것이 아니라고 생각해야 한다. 정기적으로 부가세를 내고도 통장에 돈이 남으면 그 돈은 연초에 내는 소득세로 내도록 한다. 소득세를 많이 낸다는 것은 그만큼 소득이 높다는 의미이기도 하지만 이 역시 내 수중에서 돈이 나가는 것이라 반갑지는 않다. 그렇지만 부가세 통장에서 당연히 낼 생각을 하면 마음의 부담이 줄어든다.

  어떤 분은 사업은 세금과 싸움이라고 했다. 합법적인 탈세가 있겠냐마는 가능하다면 세금을 줄여야 한다. 그리고 그런 것을 내가 능숙하게 못 하기 때문에 한 달에 한 번 세무사에게 돈을 주는 것이다. 나 같은 경우는 지정 세무사 사무실에 일 년에 몇 번 전화도 하지 않는데 매달 돈을 지급한다. 세금 관련 문제는 전문가니까 맡기고 세금 처리를 부탁하는 것이다. 세무사에게 주는 돈이 아깝다면 조금 신경이 쓰이지만 혼자서 처리하는 방법도 있다. 요즘에는 혼자서 처리할 수 있게 회계프로그램이 나와 그것을 사용하는 사람들도 많다.

부채가 자산이라는 환상

사람들이 말하기를 은행에서 돈을 빌리고 잘 갚는 사람은 신용도가 높다고 한다. 그러면서 '빚도 자산이다.'라는 말을 한다. 사업은 은행에서 빌리고 그 돈을 잘 활용해서 돈을 번다는 것이다. 큰 사업을 하는 사람들에게는 맞는 말일지 모르겠지만 한두 명이 하는 작은 회사는 이 말 같지도 않은 말에 현혹돼서는 안 된다. 한마디로 빚은 빚이지 절대 자산이 아니다.

사전에는 자산이라는 단어의 정의는 기업이 보유 중인 재산적 가치가 있는 경제적 자원이라고 한다. 예를 들면 현금과 은행에 넣어둔 예금, 유가증권, 건물, 땅 등이 있다. 부채란 타인에게 갚아야 할 '빚'이다. 다시 말해 우선 외상으로 물건을 받고 돈은 나중에 주는 경우 등이 있다. 자본은 기업 소유주의 자본금과 기업의 경영활동 결과 얻어진 잉여금을 의미한다. 자본은 자산에서 부채를 뺀 것이고 이것을 순자산이라고 한다. 당연히 순자산이 많아야 돈을 버는 것이다. 예를 들면 2억 원짜리 집을 사는데 1억 원은 내 돈으로 1억 원은 은행 돈으로 사면 내 돈 1억 원은 자본, 은행 돈 1억 원은 부채, 내 돈과 은행 돈을 합한 2억 은은 자산이라는 말이다. 그렇다고 보면 단어의 정의상 부채도 자산이라는 설명은 맞는 말이다.

물론 내가 돈을 벌어서 은행에서 빌린 돈을 빨리 갚을 수 있으면 빚은 자산이 될 수도 있겠다. 빚을 갚으면 당연히 순자산인 자본이 늘어난다. 그렇지만 현실은 그렇지 않다. 이자는 잠만 자도 계속 늘어나지만 내 돈은 늘어나지 않는다.

은행은 사회 기여를 하는 기관이 아니다. 은행들은 돈을 빌려주고 이자라는 것을 갚게 한다. 이자가 싸다고 좋아할 일은 아니다. 돈을 갚을 때는 원금은 당연히 갚아야 하고 이자도 갚아야 한다. 주위를 보면 집을 살 때 은행에서 돈을 빌리고 그것을 10년, 30년 이런 식으로 갚는다. 30년이면 30년 동안 은행에 노예로 사는 것이다.

부채는 부채일 뿐이다

'부채도 자산이다.'라는 말은 은행에서 만들어 낸 말일지도 모른다. 그 말은 '돈 빌려 가시고 천천히 갚으세요. 대신 못 갚으면 사회생활이 힘들지도 몰라요.'라는 협박으로 들린다. 사업이라는 것은 돈을 벌기 위해서다. 열심히 벌어서 은행에 좋은 일 하는 것이 아니다. '부채도 자산이다.'라는 말에 동의하는 순간 은행을 위해 일해야 한다. 일을 하다 보면 돈을 빌려야 할 때는 분명 있을 것이다. 그렇다면 우선순위로 그 빚을 빨리 청산하는 것이 순서다. 은행 빚이나 사람에게 빌린 돈이나 갚지 않으면 반드시 사회생활이 어렵다. 본인이 죽기 전까지는 계속 따라다닌다. 은행 돈은 은행에서 법적으로 악착같이 받아 내지만, 개인도 요즘같이 SNS가 발달한 세상에서는 빚 문제로 한방에 매장될 수 있다. 특히 빚 문제로 SNS에 한 번 올라가면 사회생활이 어렵게 된다. 한참 잘나가는 연예인이나 정치인들도 소위 '빚투'에 걸리면 한순간에 인기가 떨어지는 것을 수시로 보고 있지 않은가?

어렸을 때 어머니가 해 준 말이 있다. 평생 한 번도 빚을 진 적이 없는 부모님이다. "빚은 잠도 안 잔다."라고 했다. 지금도 항상 생각나는 말이다. "은행은 잠시 내 돈을 맡아 주는 곳이다." 그런 생각으로 사셨다. 나도 그 말에 동의한다. 지금까지 나에게도 은행의 역할은 내 돈을 잠시 맡겨 두는 곳이다. 사업을 한다는 것은 세금과 싸움이고 빚과 싸움이다. '좀 어려우니 은행에서 빌릴까?'라는 생각은 마지막으로 생각해야 한다. 우선 작지만 작은 대로 만족하면 된다. 욕심부리지 않고 천천히 덩치를 키우면 된다. 욕심이 눈을 가리면 실수할 확률이 그만큼 커진다. 사회에 기여를 하기 위해 사업하는 것은 아니다. 우선 우리 가족을 위해 시작한 것이고 다음은 같이 하는 직원들을 위해 열심히 하는 것이다. 그다음이 사회 환원이다.

여유는 통장 잔고에서 나온다

유대인이나 화교들은 세계적으로 장사가 능한 사람들이다, 그 사람들은 현금을 선호한다. 현금을 선호해야 한다는 것은 장사하는 사람에게는 돈에 대한 기본이다. 일을 하다 보면 돈의 흐름에 구애를 많이 받는다. 직장처럼 정해진 날에 돈이 들어오지 않기 때문에 어떤 때는 나가야 할 돈이 갑자기 몰릴 때가 있다. 자금 흐름이 막히는 경우다. 돈이 어느 정도 회전이 돼야 이것저것을 예측하고 준비할 수 있는데 이런 경우는 참 난감하다. 그런데 이런 경우가 자주 있다는 것이다. 예를 들면 거래하는 회사에서는 어음 형태로 받아 최대 6개월 후 통장으로 돈이 들어오지만, 모회사에는 현금을 줘야 하는 경우다.

가장 중요한 건 현금이다

얼마가 적정선인지는 각기 다르겠지만 작은 회사에서 분명한 건 통장에서 바로 지급할 수 있는 현금이 있냐는 것이다. 어떤 회사와 실험을 하기로 했다. 실험은 일반적으로 혼자서 못한다. 두세 명이 필요하다. 인원이 부족해 아르바이트를 쓰거나 그 분야를 더 잘하는 경력자에게 부탁할 수도 있다. 실험이 끝나고 나면 시험 용역비는 적어도 한 달이 지나야 입금이 된다. 적어도 한 달이다. 반면에 나 같은 경우는 부탁했던 사람에게는 일을 하기 전에 먼저 주는 경우도 있고 일을 마치고 바로 주는 경우도 있다.

예를 들면 1000만 원짜리 시험 의뢰를 받아 한 달 후에 돈을 받는데 일을 같이하자고 부탁한 사람에게는 500만 원이 일주일 안에 현금으로 나가야 한다면 당장 거기에 맞는 현금이 내 통장에 있어야 한다. 상대 고객 회사에서 돈이 들어오면 주겠다는 말을 할 수도 있겠지만 그것보다는 바로 정산해 주는 게 다음에 부탁하기에도 더 좋다. 자기 일이 아닌 것을 부탁받아서 해 주는 입장에서는 바로 현금을 받고 싶어 한다. 마음가짐 자체가 이 일은 자기 일이 아니라 도와주는 일이라고 생각하기 마련이다. 나도 그렇다. 내가 수주를 받은 일이 아닌 남을 도와주는 입장에서 그 일은 하루 이틀짜리 아르바이트일 뿐이다.

또 하나는 번 돈으로 투자를 해서는 안 된다. 일하면서 필요한 물건이나 부대장비는 여기서 말한 투자가 아니다. 그런 것들은 당연히 일하는데 필수적이므로 갖춰야 한다. 내가 말한 것은 주식 같은 금융 투자를 말하는 것이다. 그것은 나중에 해도 된다. 지금은 내가 다른 회사와 큰 계약을 했을 때 어느 정도의 돈이 필요한가를 보고 그 정도에 가까운 자금은 현금으로 가지고 있어야 한다.

다른 회사와 5000만 원짜리 장비를 납품하기로 계약을 했다. 그 회사에서는 회사 내규상 그 정도의 돈은 3개월 어음이라고 한다. 나는 그 장비를 사 오는데 현금을 줘야 한다. 줘야 할 돈이 당장 4000만 원이라고 하면 주식을 하다가 손해 보고 주식을 팔 것인가? 그건 이중으로 손해다. 현금이 당연히 있어야 한다. 지금 어떤 금융 상품에 투자해서 좀 어려울 때 쓰겠다는 생각은 모험이다. 모험은 위험을 무릅쓰고 행동한다고 해서 모험이다. 모험에는 당연히 큰 용기가 필요하다. 왜 용기가 필요한가? 앞날을 예상할 수가 없기 때문이다. 특히 금융 상품의 미래는 아무도 모른다.

현금 쓰기가 최선책이다

김영하의 책《여행의 이유》에는 카드를 쓰는 이유가 나와 있다. "현금으로 결제하는 것은 뇌에서 고통을 느끼는 영역을 활성화시킨다. 신용카드는 내 지갑에서 나와 잠깐 남에게 건너가지만, 곧 되돌아온다."라는 인식에서다. 편리함이라는 것 말고도 마음속에는 위와 같은 생각이 자리 잡고 있을 수도 있겠다.

직장 생활을 할 때도 한 달에 한 번씩 오는 카드 명세서를 조심히 바라보면 안 써도 될 항목들이 상당히 많다는 것을 느낄 것이다. 그것을 줄이기 위해서 누구는 가계부를 쓰고 누구는 직불카드만 쓰기도 한다. 그렇게라도 해서 월급을 받는 사람들은 정해진 수입 안에서 씀씀이를 줄이는 것이다.

그렇지만 회사를 나와서 개인 사업을 하다 보면 이게 쉽지 않다. 어차피 경비처리 하면 된다는 생각으로 카드를 쓴다, 그리고 고객들 만나서 식사라도 할 때면 당연하다는 듯이 카드를 먼저 내게 된다. 그렇지만 사업하는 입장에서는 어느정도의 돈이 은행에 항상 들어 있어야 하니 말이 직불카드지 신용카드와 큰 차이가 없다. 또 밥값이나 술값을 낸다고 해서 그 고객이 다음에 나를 찾는 것은 아니다. 찾을 수도 있고 아닐 수도 있다. 이왕이면 돈 쓰면서 확실한 곳에 돈을 써야지 그냥 영업한다는 핑계로 돈을 써서는 들어오는 돈보다 나가는 돈이 많을 수밖에 없고 자연히 은행 잔고는 줄어든다. 하완이 쓴《하마터면 열심히 살 뻔했다》라는 책에서 말한 것처럼 "통장 잔액이 내 삶의 질을 가늠하는 지표가 되었을지 모르겠지만 줄어드는 통장 잔고는 한 사람의 영혼을 흔들어 놓기에 충분하다." 그리고 경험상 제대로 맺어진 고객은 기술이 아닌 다른 부수적인 것에는 별 관심이 없다. 기술적으로나 본인이 잘 모를 때 기술적인 문제를 풀어줄 수 있는 업체가 필요할 뿐이다. 그런 사람들은 밥 한 끼, 술 한잔이 중요하지 않다는 말이다.

스테판 폴란이 쓴 《다 쓰고 죽어라》라는 책에는 "편리함과 즉각적인 만족을 추구하는 것이 위험한 이유는 지출에 무감각해지고 이것들이 습관성이 될 뿐만 아니라 진통제와 같이 더 많은 양을 필요로 한다."라고 하고 "그 대안으로 신용카드를 버리고 불편하지만, 현금을 쓰라."라는 말이 나온다(이 책의 주 내용은 재산을 모으는 것보다 가족을 돕고 생활수준을 향상하는 데 돈을 써야 한다고 말하는 책이다). 현금을 쓰는 것은 불편한 일이지만 의도적으로 일주일에 얼마가 필요하니 그 정도를 찾아서 그 안에서 쓰는 습관을 가지라는 것이다. 정해진 돈을 죽을 때까지 쓰기 위해서는 그 방법뿐이라는 것이다. 공감이 가는 말이다. 돈이라는 것은 마음먹은 대로 벌리는 것도 아니다. 정해진 돈을 가장 천천히 쓰는 방법은 현금으로 쓰는 것이다. 내가 쓰는 소비 패턴을 분석해 본 결과 내가 나를 위해 쓰는 돈은 얼마 안 된다. 특히나 갑자기 많은 현금이 필요한 경우는 거의 없다. 물론 고객과 식사를 해야 하는 경우는 일주일 전에 약속이 잡히니 그것을 고려해서 현금을 찾으면 된다. 핸드폰 케이스에는 카드가 있지만 웬만하면 꺼내지 않는 거로 마음을 먹고 생활을 해 보면 의외로 많은 지출이 줄어든 것을 경험할 수 있다. 절약은 즉각적인 욕구 충족보다 정신적 보상이 오래간다고 했다. 그리고 '현금 쓰기'가 가장 확실한 절약 방법이다.

회사에 다니면 한 달에 한 번 정해진 날에 월급이 들어온다. 월급날 일주일 전이면 통장의 잔고도 거의 바닥이 되지만 월급날이면 어느 정도 회복이 된다.

자동이체가 되는 돈은 있지만 그래도 또 한 달을 살아갈 정도의 진통제는 된다. 회사를 오래 다니면 월급은 올라간다지만 자녀들이 커감에 따라 나가는 돈도 많아진다. 회사 선배가 그랬다.

"애들이 크니 먹는 양도 많아 한 번 외식하면 생각보다 많이 나온다." 이런 이유 때문인지 월급은 오르더라도 한 번도 월급이 적당하다고 느껴지지는 않는다. 물론 나도 그랬다.

사업을 하다 보면 어쩔 수 없이 돈을 써야 하는 경우와 큰돈이 들어가야 할 경우가 생긴다. 그렇기 때문에 통장에는 본인이 생각하는 어느 정도의 금액이 항상 들어 있어야 한다. 돈이라는 것은 쓰면 줄어드는 게 당연하고 그것이 쌓이면 적자가 나기 마련이다. 적자를 그나마 늦출 수 있는 방법은 '현금 쓰기'뿐이다.

돈의 흐름을 알아야 한다

회사에서는 각 부서에 할당된 돈이 항목에 맞게 지출되고 있는지를 주기적으로 확인을 하고 경비 절감을 위해 노력한다. 항목에 책정된 예산이 초과하면 압박이 들어온다.

그렇지만 개인 사업을 하다 보면 아무래도 이런 관리가 어려워 지출에 대한 개념이 없어진다. 그냥 통장에는 어느 정도 돈이 있고 지출할 때는 무덤덤하게 카드를 꺼낸다. 카드 명세서를 보면 지출 내역이 뭐가 이렇게 많은지 천 원짜리도 카드 결제를 했던 것이다. 개인 사업도 연초가 되면 일반회사처럼 항목별로 예산을 세워야 한다. 또 그 계획에 맞게 실적 관리가 돼야 한다. 통장에 돈이 얼마 있고 그돈은 어떤 항목으로 지출됐으며 연초에 사업 계획을 세운 대로 지출이 되고 있는지를 확인해야 한다. 그것이 지금 돈의 흐름을 아는 방법이다. '부자들은 돈을 주고 시간을 산다.'라는 말이 있다. 본인이 하지 못하거나 안 해도 되는 부분은 다른 사람을 고용해서 일을 처리한다는 뜻이다. 다른 부분에 시간 투자를 해야 하거나 개인적으로 휴식이나 여유가 필요할 때는 당연히 돈을 주고라도 그 시간을 가져야 한다. 개인 사업을 하는 사람 중에 경제적 여유가 있는 사람이 얼마나 될까? 아마도 극소수일 것이다. 항상 그달의 수입원을 고민해야 하고, 내년에는 어떻게 하면 될지 예측을 나름대로 해야 한다.

코로나19로 인해 정부에서는 '소상공인지원금'을 주기로 했다. 행정복지센터라고 하는 소위 동사무소에서 지원을 받는데 금액이 100만 원이다. 대상은 작년 대비 올해 매출이 20% 이하로 떨어진 소상공인이라고 하는데 신청하는 사람이 많아 태어난 달이 짝수면 짝수 일에, 홀수면 홀수 일에 접수를 받는다. 직원 다섯 명 중에 세 사람이 접수를 받고 두 사람은 상담해 준다. 내 차례가 되려면 1시간은 기다려야 한다. 코로나19가 오랫동안 지속되다 보니 지원자가 몰리는 것이다. 서류를 내는 사람은 본인이 지원 대상이 되는지, 어떻게 증명을 해야 하는지 상담을 받는다. 그 사람들에게는 웃음이 없다. 그 공간에는 그냥 무뚝뚝한 얼굴에 상담하는 사람들의 하소연만 들릴 뿐이다. 수입이 없으니 재정적으로나, 마음적으로 여유가 없어진 것이다. 통장 잔고에 많고 적음에 의해 여유와 웃음에 차이도 생긴다. 본인이 생각하는 일정액 이하로 줄어드는 잔고를 채울 만한 일이 없다면 마음의 여유도 없어진다. 술 한잔을 마시든지, 식사나 차를 마셔도 지갑을 먼저 여는 사람은 조그만 사업이라도 하는 사람이다. 그래서 통장에 잔고가 점점 줄어들면 왠지 사람을 만나는 것이 부담스럽다. '행복은 돈으로 살 수 없다.'가 맞는 말인 줄 알았는데 자주 '어쩌면 행복도 돈으로 살 수 있지 않을까?'라는 생각이 들었다고 말한 친구도 있다. 당연하다. 돈이라는 것은 본인이 운신할 수 있을 정도가 있어야 행복하다. 양은우의 《나는 회사를 떠나지 않기로 했다》를 보면 "사람은 일을 통해서 만족하고 인생의 행복을 느끼기 위해서는 경제적 어려움에 빠져서는 안 된다. 경제적 여유가 없다면 하고 싶은 일도 고통스러운 생존수단이 될 뿐이다."라고 했다. 돈이 인생의 행복을 결정하지는 않지만 어떻게 돈을 벌고 쓰는지가 인생의 평가 기준이 될 수는 있다.

할 수 있는 것만 해라

회사에서 엔지니어 생활을 해 본 사람은 자기만의 주특기가 있다. 제품의 어떤 특정 부분을 책임지고 시간이 지남에 따라 그 분야에 익숙해지고 원숙해진다. 그 분야의 기술을 가지고 회사를 나와 자기의 이름을 걸고 회사를 차린다는 것은 적어도 이 분야는 내가 잘할 수 있다는 자신감이 있기 때문이다. 그렇지만 일이라는 게 하다 보면 여러 분야가 같이 협업해야 하는 경우가 다반사다. 이럴 때가 가장 재미있기도 하지만 불안하기도 한 시기이기도 하다. 재미있다는 것은 내가 모르는 분야를 좀 더 알게 되는 기회이기 때문이고 불안하다는 것은 이 정도면 내가 다 맡아서 할 수도 있겠다는 그런 자만심이 생기는 시점이기 때문이다. 개인의 경쟁력은 본인의 재능보다 자신감에서 오는 것이라고 하지만 혼자서 하는 사업은 한 번의 실패로 회복이 불가능한 경우가 상대적으로 더 많다. 모든 것이 과유불급이라고 했다. 과하면 부족한 것만 못하다는 말이다. 작게 사업하는 사람들에게 딱 들어맞는 말이다.

실제는 호락호락하지 않다

자만심이 생기는 경우를 몇 번 경험하면 '그냥 내가 다 하고 아예 모르는 분야는 외주로 그 분야 전문가에게 맡기면 되겠구나.'라는 생각으로 그 프로젝트를 다 가져오고 싶은 욕심이 생긴다. 그렇게 되면 우선 계약을 위해 십중팔구 일반적인 가격보다 견적가를 낮게 책정할 수밖에 없다. 낮은 견적 덕택에 운 좋게 그 용역을 따낸다고 해도 여기서부터가 문제다. 볼 때는 쉽게 보였던 남의 분야가 막상 해 보려면 자재 수급부터 사람까지 호락호락하지 않다. 결국은 결과가 만족스럽지 못하거나 수준이 낮은 결과가 나오는 경우가 있다. 일은 진행을 했지만 나도 상대방도 만족 못 하는 경우다. 결국은 힘은 힘대로 들고 돈은 돈대로 남지 않는다. 무엇보다도 다 해 놓고도 문제가 생기면 사후 처리가 어렵다. 일반적으로 이런 문제가 건축에서 이루어지면 부실 공사다. 아파트에 배관 만드는 회사가 아파트에 대해서 조금 안다고 아파트를 지을 수는 없는 일이다. 본인이나 본인 회사가 할 수 없는 일은 될 수 있으면 하지 말아야 한다.

예를 들면 어떤 회사가 영업해서 일은 받아 왔는데 측정 후 데이터를 분석할 줄 아는 사람이 없어 경력 있는 사람에게 부탁한다. 그런데 그 사람도 자기 일하느라 바쁘다. 꼼꼼히 볼 시간이 없다. 그리고 직접 몸을 움직이지 않고 책상에 앉아 그래프만 보는 일이라 쉬운 줄 알고 적은 금액으로 해 달라고 한다. 데이터 분석을 단순히 그래프만 보고 좋다, 나쁘다고 판단한다면 그 사람은 하수다. 그래프에서 문제점을 찾아내고 그 문제점을 해결하고 다시 측정하면 어떤 식의 그래프가 나올 때까지 예상하고 분석하는 것이 엔지니어다. 까딱 잘못했다가는 잘못된 판단으로 그 뒤 업무 처리가 다 뒤틀릴 수 있다. 초기 시험부터 참여해야 하는데 직접 제품을 보거나 실험을 하지 않았으니 어느 곳에 어떤 방법으로 측정을 했는지도 모른다. 아무리 전문가라 하더라도 기본적인 정보를 주고 실물을 봐야 감이 오는데 그렇지 않으면 정확한 판단은 고사하고 반대의 결론을 낼 수도 있다. 그래서 나도 누가 그런 부탁을 하면 대체로 거절을 한다. 그렇게 되면 시간은 가고 그 프로젝트는 실패하기 마련이다. 프로젝트가 성공적이지는 않더라도 적어도 마음에 드는 결과가 나오려면 돈이 들더라도 초기부터 경험 있는 엔지니어와 같이 진행하는 것이 맞다. 몇 푼 아끼는 것만큼 결과는 만족스럽지 못하다.

우선은 작게 시작해야 한다

물론 '본인이 할 수 있는 일만 하면 회사는 성장할 수 없지 않냐?'라는 말을 할지도 모른다. 앞서 말한 것처럼 작게 시작한 회사는 성장 전에 바로 나가떨어지는 것보다는 천천히 일궈나가는 것이 더 중요하다(물론 내 생각이다. 그렇기 때문에 아직 여유로운 돈을 못 벌 수도 있다). 내가 할 수 있는 일에 우선 중점적으로 하되 내가 모르는 분야의 일은 손을 대지 않는다. 외주를 쓴다고 하면 내 분야에 많은 경험이 있는 사람과 처음부터 일을 같이한다. 거기에도 조건이 있다. 그 사람의 일의 60% 이상은 나도 할 수 있는 일이어야 한다는 것이다. 그 사람이 바빠서 도중에 일을 못 하게 될 때 마무리는 내가 지을 수 있어야 한다. 결국은 계약을 한 것도 본인이고 최종책임도 본인이다. 그 사람이 일하다가 못한다고 하거나 다른 일로 마무리를 못 짓는다고 해도 결국은 이 프로젝트의 책임자가 마무리를 지어야 한다. 결국은 우선은 내가 할 수 있는 수준의 프로젝트를 맡아야 한다.

사업은 책임의 대가로 돈을 버는 것이다

직장 다닐 때 사장님과 부서장들이 회의하는데 사장이 하도 욕을 하니까 한 부서장이 "사장님, 욕 좀 그만 하세요. 회사 욕먹으러 온 것도 아닌데."라고 했더니 사장님이 "네 월급에는 욕먹는 것도 포함돼 있어."라고 했다고 그때 회의를 갔다 온 부장님이 말했다. "사장님이 말하길 욕먹는 것도 월급에 포함되어 있단다." 하고 웃었던 기억이 난다.

직장에서 받는 돈은 사람과의 관계에서 인내의 대가라면 사업을 하면서부터는 그 인내는 책임으로 바뀐다. 단순히 인내하다가 아니라 참으면서도 자기가 맡은 일에 책임을 져야 한다. 나와서 사업을 한다는 것은 직장 다닐 때보다 돈은 많이 벌 수 있지만, 거기에는 책임이라는 무한한 짐이 따른다.

모든 것은 대표인 내 책임이다

회사를 나오면 이제는 본인이 처음부터 나중까지 책임을 지고 책임의 대가로 돈을 번다. 잘돼도 못돼도 책임은 본인에게 있는 것이고 그 결과는 통장에 들어오는 금액으로 알 수 있다. 끝까지 책임을 지고 일을 하면 돈과 다음을 기약할 수 있고 조금이라도 책임을 회피해 버리면 한 번의 거래로 끝난다.

후배 이야기를 해 보자면 그 친구는 자기가 회사에 얼마나 돈을 벌어다 주는지 남들은 모른다고 했다. "형님. 남들이 꺼리는 일 다 나한테 시키고 제가 맡은 이 아이템에서 회사에 얼마나 많은 돈을 벌어다 주는데 알아주지도 않고…."

"회사를 그만둬야 제 가치를 알아줄까요?"

그때는 "그래도 더 열심히 하다 보면 빛을 볼 때가 있지 않을까?"라고 격려를 해 줬지만, 지금은 이런 말을 해 주고 싶다.

"그래도 일하다가 잘못되면 너한테 책임지라는 말 안 하잖아. 책임은 회사가 지는 거지. 열심히 해도 아니다 싶으면 차라리 이직해."

직장에서의 책임을 진다고 하면 일반적으로 회사를 그만두는 것으로 생각하는데 그만두는 것은 책임을 지는 것은 아니다. 그것은 단순히 회피하는 것뿐이다. '책임은 그만두는 것이 아니라 그 일을 마무리하는 것이다.'라고 말들 한다. 끝까지 마무리는 안 되더라도 다른 사람이 진행할 수 있을 정도까지라도 마무리를 지으라는 것이다. 이런 것쯤은 회사를 그만두려고 하는 사람들도 다 안다. 그렇지만 실제로는 이렇게까지 한다고 해서 회사에서 고맙다고 알아주는 것도 아니고 그 사람이 나갈 때까지 책임 추궁을 하기 때문에 일반적으로 사표를 쓰고 간단한 인수인계를 하고 회사를 그만두는 것이다. 그리고 회사라는 집단은 내가 없어도 누군가는 금방 내 일을 할 수 있는 구조다. 책임이라는 말이 무거운 말 같은데 책임이라는 단어를 너무 높게 생각할 필요는 없다. 개인 사업을 하면서는 직장 다닐 때보다 더 계획을 세밀하게 세우고 진척 과정을 잘 챙기고 내가 할 수 있는 것과 남에게 부탁할 일을 잘 나눠 주고, 부탁한 것에 대해서는 정당한 대가를 지불해 주는 것이다. 그럼으로써 남에게 신뢰를 주는 것이 결국은 책임을 지는 것이다. 잘못됐을 때는 거기에 맞게 손해를 감수해야 하는 것은 기본이다.

아르바이트나 파트타임을 하는 사람들에게 책임을 물을 수는 없다. 그 사람들은 시간 근로자다. 업무의 숙련도는 요구하지만, 주체

성까지 요구하면 안 된다. 그 사람들에게는 열심히 하고 능수능란하게 하는 선에서 만족해야 하고 최종적인 귀책은 사장이다. 나도 혼자서 못 하는 일을 남의 손을 빌리는 편이 많은데 그 사람은 나보다 이 분야의 일을 더 많이 해봤고 실제로 잘한다. 그렇지만 거기까지다. 그 사람은 열심히 하고 거기에 대한 대가로 돈을 받는 것이지 그 일이 잘못됐다고 책임을 지지 않는다. 그 책임은 일을 어떻게 풀어갈지 설계를 못 한 내 잘못이다. 어떤 일을 함에 있어 내가 사장이냐, 단지 돈을 받고 하는 사람이냐에 따라 일에 대한 자세가 시작부터 다를 수밖에 없다. 일을 잘하고 못하는 것을 말하는 것은 아니다. 그것은 마음가짐이다. 먼저 사업을 하다가 사업을 접고 다시 직장으로 들어간 친구가 예전에 하는 말이 기억난다.

"사장이라면 어떤 일도 참을 수 있어야 하고 실제로도 참을 수 있다."

일을 하다 보면 별의별 일이 다 생긴다. 그럴 때마다 책임을 져야 하고 일을 원만하게 진행해야 하는 것은 대표자의 몫이다. 설령 그것이 진짜 자존심을 굽히는 일이라고 해도 어쩔 수 없다. 내가 하는 소음 진동일은 적어도 전문분야기 때문에 상호신뢰로 진행하는 편이다. 그렇지만 일을 하다가 잘 안될 때는 서로 신경이 곤두선다. 이럴 때는 아무래도 미안한 쪽은 돈을 받고 일하는 쪽이다.

내가 대표이기 때문에 가능하다

일례로 기차 관련 실험을 하는데 이틀 정도 그쪽 회사 직원들과 같은 공간에 있어야 했다. 기차는 한번 출발해 버리면 실험 준비가 잘못됐다고, 계측기에 들어오는 신호가 이상하다고 세우고 다시 확인할 수 있는 게 아니다. 출발하면 끝이다. 출발 전에 모든 준비가 완벽히 돼야 하고 만일의 경우를 대비해 모든 측정기는 예비로 2개씩을 설치한다. 그렇게까지 했는데 진행이 원만하지 못하다면 그 실험은 실패한 것이다. 다시 일정을 잡아야 하고 그 일정을 다시 잡는 데는 많은 돈이 든다. 우선 기차 실험은 기차 레일을 사용해야 하니 기차 레일을 관장하는 부처와 협의를 해야 하고 기차라는 것이 아무나 운전할 수 없으니 운전해 줄 기관사를 다시 섭외해야 한다. 그래서 실험실이 아닌 야외에서 하는 실험은 신경을 더 쓸 수밖에 없다. 한번은 나랑 같이 갔던 친구가 그런 말을 했다. "대표님 저 사람들에게 너무 저 자세로 대하는 거 아세요? 일하다가 다 안 되는 경우도 많은데 그럴 때마다 저자세로 가면 보기에도 안 좋습니다." 그럴 수도 있겠다. 하지만 저자세가 아니라 단지 이틀 동안은 편하게 지내면서 일을 마무리 짓고 싶었던 것이다. 그것이 저자세든 아니든지 간에. 사장이라면 어떤 일도 참을 수 있어야 하고 실제로도 참을 수 있다. 이런 저자세도 가능하게 만든 것은 내 위치이다. 내 이름으로 계약을 하고 내가 최종적으로 책임을 지고 마무리해서 내 이름이 찍힌 통장에 돈이 들어와야 끝이 나는 자리인 것이다. 일이 잘 안되면 "미안합니다. 다음에는 더 준비해서 실수 없도록 하겠습니다."라는 말도 할 수 있겠지만 거기에 덧붙여 "이 건에 대해서는 실험이 실패되었으니 거기에 대한 페널티까지 생각하겠습니다."라는 말도 각오해야 한다. 단지 일을 했다고 돈을 받는 것이 아니라 극단적으로 일이 실패되어 버린 경우에는 돈을 못 받는 경우도 생각해야 하는 것이다. 저자세? 저자세일지 모르겠지만 그건 사장이기 때문에 가능한 것이다. 직원들은 그런 자세를 못 취한다. 이런 저자세도 사장이라는 위치에서는 가능한 행동이다.

페르소나

사람에게는 여러 마음이 있다. 그래서 사람은 순간순간 변한다. 좋았다가 갑자기 나빠지고 나쁘다가도 어떤 이유에서인지 다시 좋아하는 척하기도 한다.

좋아하는 척이다. 한번 틀어진 마음은 다시 예전으로 돌아가는 것은 거의 불가능하다. 그것은 부모와 자식 간이든지, 부부간에도 마찬가지다. 사람이기에 가면을 쓰고 살아간다. 그것을 연극에서는 '페르소나'라고 한다. 내가 남에게 보여 주고자 하는 이미지를 나 자신에게 각인해 가면서 살아간다. 가깝게는 어떤 남편, 어떤 부모, 어떤 남자 등 내가 생각했던 이미지에 나를 맞추는 것이다. 그렇지만 페르소나를 한 번에 무너뜨릴 수 있는 것은 '역린'이다. 《한비자》에서 나오는 말이다. "용이란 짐승은 잘 친해지기만 하면 올라탈 수도 있다. 그러나 그 목 아래에 지름이 한 자쯤 되는 역린이 있어 만약 그것을 건드리면 반드시 사람을 죽이고 만다." 누구에게나 '역린'은 있다. 쉬운 말로 누구에게나 양보할 수 없는 일말의 자존심이다. 그것이 아무리 사소하다고 하더라도 본인에게는 마지막 자존심이다. 내가 진짜로 이것만은 듣고 싶지 않은 말이 있듯이 남편이나, 아내, 자식들에게도 '역린'은 있다.

가면을 쓰고 일한다

그건 일을 할 때도 마찬가지다. 나 아닌 다른 사람을 만날 때는 가면을 쓰고 일해야 한다. 우리는 일반적으로 '상대를 인간적으로 만나라.', '고객의 마음을 사라.' 등등으로 사업을 하라고 말하고 실제로도 그렇게 하려고 노력하지만 그건 억지다. 내가 을의 입장이 되면 철저하게 을의 입장에서 일하면 된다. 수동적인 을이 되기보다는 적극적인 을이 되는 편이 낫다. 불편하지만 나에게 돈을 주는 사람이 갑이다. 상대방이 듣기 좋은 말을 해야 한다. 특히나 말싸움에서는 누가 이기든 그 거래는 끝난 것이다. 절대로 싸우면 안 된다.

 "솔직히 말하면…" 이런 식의 말도 꺼내지도 말아야 한다. 모든 사람을 갑으로 인정해 주면서 갑으로부터 내가 원하는 것을 얻는 삶의 만족이 을의 행복이다. 갑의 입장에서는 나에게 서운한 말을 할 수 있다. 할 수 있는 것이 아니라 의도적으로 본인의 위치를 과시하기 위해서 그런 식으로 말을 하기도 한다. 특히 나보다 나이가 많다면 더 노골적으로 가르치려고 드는 경우도 있다. 의도적으로 훈련을 하지 않으면 원래 사람은 남을 칭찬하는 것에 인색하다. 인간의 본성 깊은 곳에 이기심이 있고 인간의 뇌는 생존하기 위해 긍정적 정보보다 부정적 정보에 민감하도록 진화되어 왔다. 살아오면서 본인의 목숨이 경각에 달린 적이 있거나 어떤 위해가 닥쳤을 때의 기억은 뇌에 각인이 된다. 우선 본인이 살아야 하기 때문에 자연스럽게 나타나는 현상이다. 그러다 보니 남을 인정하고 칭찬하는 게 우리의 본능이 아니라 비난하고 비평하는 게 인간의 본성이다. 서운한 말이나 그 이상의 비난을 하는 사람을 보면 같이 화내지 말고 그냥 인간의 본능에 충실히 하고 있다고 생각하면 된다.

 반대로 전문가인 을이 기술적으로 잘 모르는 갑에게 가르치는 경우도 있다. "상대방에게 모욕을 주면서 히스테리를 부리면 그 순간에는 속이 시원할지 모르겠지만 그로써 관계는 끝난다. 자기 자신의 바닥을 스스로 드러내고 나면 남은 건 수치심과 후회만 있을 뿐이다. 자기감정을 컨트롤할 줄 아는 사람이 진정한 고수다. 또 사람은 다투는 것만큼이나 지적당하는 걸 싫어한다. 설사 권위 있는 전문가가 말해도 쉽사리 인정하고 싶지 않은 것이 사람 심리다."라고 이근미의 《프리랜서처럼 일하라》에서는 말하고 있다.

이럴 때는 더욱더 가면을 써야 한다. 당연히 안 되는 것은 못 한다고 말을 해야 하지만 그렇지 않으면 상대방의 마음을 건드리지 않는 것이 좋다. 어차피 일로 만난 사이다. 일 이외의 것은 그냥 웃으면서 넘어가면 된다. 고객과 친해서 나쁜 것은 없다. 호형호제하면서 지내면 더할 나위 없겠지만 그것은 불가능할 정도로 어렵다. 어려운 걸 할 바에야 일은 일대로 열심히 하고 사소한 감정은 가면을 쓰는 편이 낫다. 무미건조한 말보다는 아예 말을 길게 하지 않는 편이 낫다. 사람은 상대방보다 조금이라도 우월한 위치에 있다고 생각하면 조언이랍시고 하대를 하는 경향이 있다. 양창순의 《나는 까칠하게 살기로 했다》에 재미있는 표현이 나온다. "인간관계에서 좋은 평판을 듣고 싶다면 상대방이 나보다 똑똑하고 근사한 사람이라는 생각을 갖게 하는 것만큼 좋은 방법은 없다고 한다. 약간 바보처럼 굴어라. 그러면 상대는 자신이 지적으로 우월하다고 생각하고 의심을 풀어 버린다."라고 했다. 고객한테는 질투와 시기심을 자극하지 않아야 하고 본인의 자랑을 하지 않아야 한다. 상대방의 감정을 누그러트릴 방법은 내가 낮은 자세를 유지하는 것뿐이다. 주위에 페이스북으로도 실제로도 많은 사람을 알고 있는 분이 있다. 그분의 페이스북에는 '좋아요'가 백 개 이상 달리고 응원하는 댓글도 많이 달린다. 어디 가면 모르는 사람이 없다. 그렇지만 그분이 사석에서 하는 말이 있다.

"내가 아는 사람이 많은 것 같은데 다들 나에게 뭘 바라는 사람들이 많지 진짜 친구는 별로 없다. 술 한잔하면서 그냥 웃으면서 시간 보내 줄 친구는 손으로 꼽을 정도다."

미국의 자동차 조 지라드는 자동차 판매왕 자리에서 기네스북에 오른 사람이다. 지라드가 쓴 책을 읽어 보면 많은 이야기가 있지만 250이라는 숫자가 나온다. 어느 결혼식을 갔더니 하객이 250여 명 정도, 반대로 장례식을 갔더니 똑같이 250여 명이라는 것이다. 그래서 지라느는 그런 결론을 내린다. 평범한 사람의 인맥은 250여 명 선이라는 것이다. 실제로 지금 내 스마트폰에는 300명 정도 저장되어 있다. 그중에서 직간접적으로 현재 일에 관계되는 사람을 추려보면 넉넉잡아 50명 선이다. 그리고 정말 친하다고 생각되는 상대는 몇명 안 된다. 몇 명 안 되는 그 친구들 이외의 사람들에게는 괜히 내마지막 자존심을 건드리는 빌미를 줄 바에야 평상시에는 페르소나를 쓰고 나 자신을 지키는 것이 현명한 방법일지도 모른다.

내 가면 역할에 충실해야 한다

어떤 가면을 썼든지 간에 그 가면의 역할은 있다. 지금 내가 대표라는 가면을 썼다면 거기에 맞게 연극을 해야 한다. 가장 기본은 열심히 최선을 다해 일하는 것이다. 내가 파는 물건에 대해서는 남보다 더 많이 알아야 하는 것을 넘어서 남들보다 그 물건을 사랑해야 한다. 그리고 본인 일을 좋아해야 한다. 본인이 지금 하는 일을 좋아하는 것은 본인에게나 보는 사람에게나 행복이다. 그렇지만 오랫동안 같은 일을 하다 보면 매너리즘에 빠지는 경우가 자주 있다. 윤태호의 만화 《미생》에서는 매일 똑같은 생활과 반복된 업무가 매너리즘을 만들고 '조건반사형 인간'을 만든다고 했다. 이것을 빠져나올 수 있는 방법은 좀 더 새로운 삶을 새로운 차원에서 경험해 볼 필요가 있다는 대사가 나온다. 이런 부분에서 나에게 도전을 주는 일이 하나 있었다. 미얀마에 출장을 갔을 때의 일이다. 미얀마의 예전 이름은 버마다. 미얀마는 한국과 마찬가지로 버마어라는 자기 나라만의 언어를 쓴다. 영국 식민지였다가 오래전에 독립했다. 그래서 그런지 나이가 많은 사람이 영어를 하지만 젊은 사람은 영어를 모르거나 정말 간단한 영어만 할 뿐이다. 여행하거나 일을 하는 입장에서는 언어가 안 통하니 갑갑하다. 그래서 통역을 쓴다. 미얀마어에 한국말까지 잘하면 가장 편한 통역이다. 묘묘라는 그 친구는 그런 면에서 1등급이다. 현지인답게 미얀마어는 능통하고 한국말은 연세대 어학당에서 2년을 공부했다고 한다. 느낌은 한국에 오래 살았던 외국 사람이다. 웬만한 농담이나 단어들은 다 알고 있다. 외국 사람과 이야기할 때 한국의 정서를 알고 있는 사람이 가운데서 통역을 해 주면 그만큼 수월하다. 말실수하더라도 잘 정리해서 전달한다. 그 친구의 급여는 한국 사람보다 많다. 현지 한국 사람이 말하기를 미얀마에서 학교 교사의 월급이 30만 원 정도라는데 그 친구는 한 달에 교사보다 10배 이상을 버는 경우도 있다고 했다. 미얀마 대사관에 손님이 오면 불려갈 정도다. 들리는 말에 의하면 미얀마 만달레이에서 한국어를 제일 잘하는 친구라고 한다. 통역이라는 것이 단지 말만 전달해 주는 것이 아니다. 이것저것 챙겨야 한다. 출장 가는 사람들을 아침에 차에 태우는 것부터 한국 사람들 도시락까지 챙겨야 한다. 미얀마 사람들이 영어를 잘못하기 때문에 호텔 예약 같은 일상생활의 문제도 중재한다. 하루는 아침에 같이 차를 타고 가는데 "지금 하고 있는 일이 즐거우세요?" 하고 물어봤다.

"제 성격에 잘 맞는 일이에요. 보람도 있고."

"전 평상시에도 말을 많이 하는 편인데 하루 종일 이런 통역 일을 하면 기분이 좋아요. 말을 많이 하면 피곤하긴 하지만 아침이 되면 또 기분이 좋아져요."

부러웠다. 본인의 일에 지속적인 열정을 가지고 산다는 것은 자신에게 큰 에너지원이다. 반대로 내가 그런 면에서는 조금 부족한 면이 있다는 고백이기도 하다. 어디를 가나 배운다. 그 친구는 나보다 20살 이상 차이가 남에도 불구하고 신선한 도전이 되었다. 내가 재미있게 생각하는 어떤 것을 꾸준히 한다는 것이 성장하는데 밑거름이 된다. 매너리즘에 빠져 페르소나가 벗겨질 만한 시기에 이런 도전은 다시 한번 가면을 고쳐 쓰게 된다. 그 친구처럼 가슴에서는 우러나오지 못할망정 적어도 내 가면의 역할은 충실히 해야 하지 않을까?

남의 일을 해 줄 때는 시간에 왈가왈부하지 않는다

혼자서 일하는 것은 한계가 있다. 점이 선이 되려면 두 점이 있어야 하고 평면이 되려면 적어도 3개의 점이 모여야 한다. 전문적인 일을 하다 보면 나 혼자 일을 못 하고 같은 일을 하는 사람들에게 도움을 요청하는 경우가 종종 있다. 전문지식이 없는 사람을 쓰기에는 부담스러우니 일을 같이해 본 사람이나 같은 업계에 있으면서 시간적 여유가 있는 선후배들에게 부탁한다. 반대로 내가 부탁을 받고 가는 경우도 똑같다. 같은 일을 오랫동안 했기에 실력은 믿을 수 있고 설령 처음 같이해 보더라도 서로 같은 분야를 하니 대충 몇 마디 나누면 어떻게 일을 진행할지 감이 온다. 이런 경우에 경험상 중요한 점 몇 가지가 있다.

일은 돈의 많고 적음을 떠나서 정성껏 해 준다

부탁하는 사람은 나름의 줄 돈에 대한 기준이 있다. 이 바닥에서 어느 정도 잔뼈가 굵었으니 터무니없이 적게 줄 수도 없고 그렇다고 본인의 마진을 적게 하면서까지 지급할 수도 없다. 본인의 회사에 남겨야 할 최소한의 마진율이 있는 것이다. 예를 들면 1000만 원에 계약을 했다고 하자. 이 프로젝트를 하는데 최소 30%는 남겨야겠다는 자신만의 마진율이 있을 것이다. 그런 다음 출장 경비며 부대비용, 인건비를 산정할 것이다. 그렇다 보니 계약금액 자체가 적을 때는 생각보다 적은 금액을 제시하면서 도와달라는 부탁을 하는 경우도 있다. 알다시피 일은 간단한 일이나 어려운 일이나 어차피 하루다. 두어 시간 일하더라도 이동 시간, 준비 시간 등을 고려하면 하루고 10시간 일하더라도 늦게까지 일하니 결국 그 일도 하루다. 일의 경중을 떠나서 어떤 금액의 제안을 받아도 이왕 할 생각이라면 군소리 없이 해줘야 한다. 내 경우도 그런 부탁을 받을 때는 금액에 대해서 왈가왈부하지 않는다. 당연히 거의 모든 경우가 내 성에 안 찬다. 그렇지만 금액에 대해서는 우선 시작할 때 금액을 물어보고 나면 끝이다. 그다음에는 그 일이 내가 맡은 일이라고 생각하면서 정성껏 해 준다('정성껏'이라는 말은 엄연한 개인적인 내 기준이고 상대방의 기대치는 훨씬 못 미칠 경우도 있겠지만 적어도 손해를 끼치지 않는다면 '정성껏'이라는 표현도 나쁘지 않다고 생각이 된다). 어차피 이 분야에 있을 거라면 같이 갈 사람들이다. 그 사람의 인격을 믿고 갈 수밖에 없다. 나중에 내가 그 사람들에게 부탁할 수도 있기 때문이다. 상생해야 내가 어려울 때 도움을 받는 법이다. 장정빈의 《하루를 살아도 사장처럼》이라는 책에 나오는 51 대 49의 원칙이 있다. 이익을 분배할 때는 내가 49를 갖고 상대방에게 51을 준다. 나는 1을 양보하지만, 상대방은 2를 더 받았다고 생각하게 한다는 것이다.

끝나는 시간에 구애받지 않는다

대표와 직원의 차이는 대표는 일하는 시간에 투정하지 않는다는 것이다. 둘 다 가정이 있지만, 대표는 일이 먼저다. 일을 일정 안에 끝내야 하지만 좀 더 완벽하게 끝내고 싶어 한다. 일정 안에 완벽히 끝내려고 하면 어쩔 수 없이 일을 오래 할 수밖에 없다. 모든 프로젝트는 시간은 정해져 있고 그 시간 안에 일을 끝낸다는 것은 많은 집중력이 요구된다. 우리에게 가장 필요한 것은 시간인 것 같지만 꼭 그렇지도 않다. 정말 필요한 것은 아주 특별한 집중력이다. 고객이 그런 용역 발주를 줄 때도 느슨하게 시간을 할애하지 않는다. 시간은 돈이기 때문이다. 어쩔 수 없이 빠듯하게 일정을 짠다. 원래 고객은 돈은 적게 주고 모르는 것이나 궁금한 것들은 모두 물어보고 알기를 원한다. 한번 계약을 하면 일정이 길어지더라도 돈을 더 청구할 수도 없다. 될 수 있으면 그 기간에 끝내야 하는 게 실험용역이다. 같이 간 입장이라면 예상보다 퇴근 시간이 늦었다고 불평하기보다는 어떻게 하면 쉬는 시간을 없애 가면서 빨리 일을 마무리 지을까를 생각해야 한다. 대표는 직원이 아니다. 일정 금액을 받고 그 일을 끝내주는 전문가라는 생각으로 일한다. 나도 부탁을 받으면 끝나는 시간에 대해서는 말하지 않는다. 어차피 오늘은 어디까지 해야 일정을 맞출 수 있겠다는 나름의 계획이 있을 것이다. 거기까지는 밤이 늦더라도 같이 일을 하는 것이다.

고객에게 나서서 말하지 않는다

내가 이 프로젝트의 대표가 아니면 고객에게 말을 걸지 않는다. 물어본 말에만 답을 해 주고 불편한 질문이나 기술적인 질문도 프로젝트를 맡은 대표에게 넘긴다. 괜히 말했다간 원래 취지와 다른 말이 전달될 수도 있고 전후 관계를 모르는데 말을 했다간 낭패를 볼 수 있다. 같은 분야를 일하는 사람들도 당연히 서로의 의견이 다를 수 있고 실험 방법이 다를 수 있고 데이터를 처리하는 방식이나 말하는 방식이 다를 수밖에 없다. 혹여 내 의견이 맞다 할지라도 이런 자리에서는 우겨선 안 된다. 이 프로젝트의 책임자는 내가 아니기 때문이다. 괜히 도와주러 왔다가 남에게 해를 끼칠 수 있다. 조용히 일만 하면 된다. 고객의 입장에서는 모르는 부분에 대해서는 일을 하는 누구에게나 물어보는 것은 당연하다. 그런 경우는 "저보다는 대표님이 더 잘 아십니다."라고 말하면 된다.

승-승이 아니면 무거래

아무리 도와준다지만 일을 하는 데 가장 중요한 것은 돈이다. 그 금액이 나한테 터무니없이 맞지 않다면 같이 일을 하지 않아야 한다. 하루 일당은 얼마인데 그 돈에 비해서 내가 일을 너무 많이 한다고 생각이 드는 것은 당연하다. 왜? 나도 나름의 전문분야의 일을 하는 사람이니까. 강의를 예로 들자면 1시간에 3만 원짜리 강의를 하면 나는 3만 원짜리 강사가 되는 것과 같다. 그거라도 벌어야지 하면서 하다가는 이후에는 본인의 1시간 가격은 3만 원이 돼 버린다. 사람은 어쩔 수 없이 받은 돈과 내 위치가 동일시된다. 한번 허락해 버리면 다음에도 그렇게 해 달라고 요청이 온다. 이런 일이 계속되면 나 자신에게 짜증이 날 수밖에 없다. 이럴 때는 차라리 도와 달라는 말을 무시해야 한다. 그것이 그 사람과 관계를 오래 가지고 가는 법이다. 스티븐 코비가 쓴 《성공하는 사람들의 7가지 습관》이라는 책에서는 인간 상호작용의 6가지 패러다임을 설명했다. 승승, 승패, 패승, 패패, 승 관계에 마지막으로 '무거래'라는 관계다. '승-승이 아니면 무거래'는 승-승적인 사고의 최고 경지라고 한다. 이러한 패러다임을 가진 사람들은 먼저 승-승의 해결책을 모색한다. 만약 서로 수용할 만한 해결책을 찾지 못한다면 그들은 의견 차이를 기꺼이 인정하고 거래를 하지 않으면 된다. 위에서 말한 터무니없이 적은 돈을 받고 도와주느니 차라리 나중의 나를 위해서 자기 계발하는 시간을 가지는 것이다. 이런 생각이 든다면 핑계를 대서라도 일을 하지 말아야 한다. 본인의 가치를 깎아 먹는 꼴이 된다.

　사업을 하다 보면 이런저런 일이 많다. 남에게 도와달라는 부탁을 받기도 하고 반대로 하기도 한다. 이때 가장 중요한 점은 어느 정도 서로 간의 신뢰를 지키는 일이다. 사업을 하면서 본인의 가치 척도는 돈이 될 수밖에 없다. 그렇다면 내가 남에게 부탁했을 때 얼마의 사례를 해야 하는지부터 고민해야 한다. 상대방에 대한 배려가 아니라 상대방에 대한 가치를 돈으로 환산하고 제시해야 한다. 반대로 내가 생각보다 적은 금액으로 제안을 받았다면 거절할 수 있는 자세도 가져야 한다. 그것이 서로, 같이 오래가는 법이다.

어차피 세상은 내 마음대로 움직여 주지 않는다

"세상일의 십중팔구는 마음먹은 대로 되지 않고 마음에 드는 일은 한두 가지밖에 없네."라고 중국의 '방악'이라는 분이 말했다고 한다. 예나 지금이나 역시 마음대로 되지 않는 것이 세상일이다. 공들였던 어떤 것이 최종적으로 잘 안될 때 많이 낙담하거나 심지어는 다른 사람의 탓으로 돌리는 예도 있다. 직장에서도 다른 부서와 일을 같이 진행하기 때문에 일이 잘못된 경우는 부서 이기주의라고 해서 내 부서가 아닌 다른 부서 때문에 일이 잘 안됐다고 책임을 돌리는 예도 있다.

누구를 탓해 봐야 달라질 것은 없다

사업을 하다 보면 누구를 탓해 봐야 달라질 것도 없고, 나중에 더 나쁜 결과를 초래할 수도 있기 때문에 그냥 깨끗이 포기하고 신경을 쓰지 않는 그런 대담한 마음이 길러진다. 그냥 단순히 그럴 수도 있다. 열심히 했는데 안 되면 '내 몫이 아니구나.' 하고 접어 버려야 마음이 편하다. 한 건 진행하느라 힘들긴 했는데 덕분에 그 분야를 좀 더 알았으면 됐고 그것이 밑거름돼서 나중에 이런 일을 할 때는 더 쉽게 할 수 있겠다는 자신감만 가지면 된다. 이런 마음을 가지고 있지 않으면 결국은 본인의 멘탈만 다칠 뿐이다.

가깝게는 이런 적이 있다. 초, 중학교 학생 대상으로 독서 교육 관련 강사모집이 있어 들어갔는데 4명이 한 달 정도 강의안을 서로 보완하고 동영상 편집하고 최종적으로 모여서 교육까지 마치고, 내가 맡을 학교까지 정해졌는데 며칠을 앞두고 통보가 왔다. 강사 자격이 심리학, 상담학 전공자에 한한다는 것이다. 내가 그쪽 전공자가 아니라 이번 강의는 맡을 수 없다고 했다. 속이 좀 상했지만 자격 자체가 충족이 안 되니 뭐라 말은 못 하겠고 해서 과감히 접었다. 나중에 듣기에 전공자도 아닌데 전공자를 두고 강의 좀 했다고 주 강사로 배정되었다고 뒤에서 누군가 수군거려서 갑자기 처음에 모집 요강에 없는 '전공자에 한한다.'라는 문구를 넣었다고 했는데 확인되지 않은 사실을 가지고 화내고 싶지도 않았다. 그리고 어찌 됐든지 간에 자격 자체가 충족이 안 되니 나중에 하더라도 또 누군가가 문제를 삼으면 서로 불편해 질 수 있는 여지도 있었다. 처음에는 그동안의 시간과 노력에 헛것이 됐다는 마음에 상했지만, 곰곰이 생각해 보니 '그럴 수도 있겠다.' 하고 잊어버렸다. 대신 내가 지금까지 관심이 없었던 분야의 책을 여러 권 봤으니 그 정도로 만족했다. 언젠가는 이렇게 본 책들이 나중에는 나에게 더 큰 것을 가져다줄 것이다. 이때의 경험이 밑바탕이 돼서 일 년 후에 독서지도사 1급 과정 자격증을 땄으니 전화위복이 된 것이다. 만약에 강의를 했다면 거기에서만 만족을 했을 텐데 먼 미래를 생각한다면 더 큰 선물을 받은 셈이다. 똑같은 예로 지금 하는 일은 하나의 계약을 위해 짧게는 한 달, 길게는 6개월 이상 공을 들여야 한다. 물론 시작은 내가 이 일을 꼭 하고 싶다는 비장한 각오로 시작하지만, 외부적인 환경이나 사람 사이의 문제 같은 것 때문에 잘 안되는 것이 다반사다. 그렇다고 낙심하고 우울해할 필요는 없다. 원래 세상은 내가 마음먹은 대로 움직여 주질 않기 때문이다.

조바심은 상황을 어렵게 끌고 간다

오래전에 '장학퀴즈'라는 프로그램이 있었는데 촛불을 두고 정답을 맞히면 하나가 켜지고 틀리면 꺼지는 그런 숨 막히는 운영 방식이었다. 촛불이 많이 켜진 팀은 상대적으로 안정감을 얻고 적은 팀은 조바심을 갖는다. 그렇지만 안정감이 있다고 우승하는 것은 아니고, 조바심이 있는 팀이 탈락하는 것도 아니다. 실력과 평상시 철저히 준비하는 사람이 상대방의 불을 끄고 우승하는 것이다. 야구도 비슷하다. 투 스트라이크 이후의 공은 타자의 조바심을 불러오고 조바심이 생긴 타자는 땅볼이나 삼진 같은 것을 당한다. 그렇기 때문에 투수는 어떻게 하든 첫 번째 공은 스트라이크를 던지려고 노력한다. 실제로 초구 스트라이크를 던지는 투수가 잘하는 선수다. 초구 스트라이크를 잡으면 그만큼 다음 공에 조바심이 줄어들고 유인구를 하나 던질 수 있다. 반면에 베테랑 타자는 그런 상황에서 조바심을 내지 않는 선수다. 심지어는 삼진을 당하더라도 본인이 원하는 공을 치던지 계속 파울을 쳐 내면서 본인이 주도권을 갖는다. 한 번에 되는 일은 없다. 한 번에 된다면 순전히 운이라고 생각해야 한다. 조바심이 나면 마음을 다시 한번 잡아야 한다. 일용할 양식으로도 감사하는 마음을 가져야 한다. 일용할 양식은 오늘 하루 쓸 수 있는 양식이다. 내가 원하는 돈이 통장에 있다는 것은 너무나 좋은 일이겠지만 없어도 이번 달은 버틸 수 있는 돈이라도 있으면 행복감을 느낄 수 있도록 해야 한다. 한 달을 버티면 또 한 달이 버텨지는 것이고 그런 것이 쌓이면 내공이 생겨 둔감해지는 것이다. 벌리지도 않은 돈 때문에 괜히 조바심을 가지면서 스트레스 받을 수는 없다. 어차피 세상은 내 맘대로 안 되는 게 당연하다.

'아 통장에 1억 원만 있었으면 좀 여유가 있을 텐데.'

라는 생각이 한동안 머릿속에 있었다. 왜 하필 1억 원이냐고? 괜한 내 머릿속의 상징성일지도 모르겠다. 내가 어렸을 때 주말에 텔레비전에서는 주택복권 추첨을 했다. 한 명은 다트판을 돌리고 다른한 명(유명인인 것 같기도 하고)은 버튼을 눌러서 화살을 다트에 쏜다. 화살이 박힌 번호가 그날 추첨 번호가 되는 셈이다. 기억으로는 그때 1등 당첨금이 1억 원이었다. 지금에야 1억 원이라는 돈으로는 집을 살 수가 없지만, 그 당시에는 그 돈이면 집을 살 수 있었던 시대였나 보다. 그래서 이름도 주택복권이 아니었을까 생각한다. 하여튼 그때의 그 기억이 1억 원이라는 금액은 나에게 많은 돈이라는 상징적인 의미가 되었다.

'어떻게 하면 그 돈을 벌 수 있을까?'

그렇지만 그건 사실상 불가능한 목표였다. 다른 곳에서 이 1억 원을 대체할 만한 것을 찾아야 했다. 뭘까? 아직은 모르겠지만 괜한 머릿속에 있는 1억 원이라는 숫자 때문에 조바심을 내고 있었다. 어차피 현재는 불가능하고 우선 현재를 잘살아야 하는데 아직 오지도 않을 미래에 대한 불안이라는 상상의 나래를 펴면서 조바심 낼 필요는 없다.

비교하는 순간 지는 것이다

세상에서 가장 자기 자신을 완벽히 파괴할 수 있는 게 하나 있다. 그것은 바로 남과 자신과의 '비교'다. 비교하기 시작하면 자기 자신이 점점 초라해진다. 비교라는 게 두 가지가 있다. 첫 번째는 나보다 조금 사정이 못한 사람과 비교하는 것이고, 두 번째는 나와 처지는 비슷하지만 좀 나은 사람과 비교하는 것이다. 나보다 월등히 나은 형편을 가진 사람과는 비교라는 것을 하지 않는다. 소위 '넘사벽'이기 때문이다. 비교라기보다는 동경이나 반대로 조소에 가까운 반응만 보일 뿐이다. 나보다 형편이 낮은 사람과 비교는 본인에게 어떤 면에서는 자존감을 준다. '그래도 나는 이만큼은 하잖아.'라는 식이다. 그렇지만 나와 형편은 비슷한데 좀 더 나은 사람과의 비교는 한없이 자기를 초라하게 만든다.

'왜 같이 노력하는데 나는 이것밖에 안 될까?'라는 생각부터 시작해 그 사람의 행동까지 못마땅해한다. 결론부터 말하면 본인만 손해다. 당연히 나보다 잘한 면이 있었을 것이고 그것을 잘 활용해서 나은 결과를 얻었을 것이다. 아시는 분이 본인 이야기를 하신 적이 있는데 나이도 본인이 많고 실력은 비슷한 것 같은데 그 사람은 본인보다 한번 강의료가 100만 원이다. 반면에 본인은 20만 원도 안 된다고 한다. 처음에는 그 사람이 부러웠는데 나중에는 그것을 넘어 자기 자신이 초라해지기 시작했다는 것이다. 월등한 차이가 나면 인정하겠는데 그것은 아닌 것 같다는 것이다. 스마트폰 밴드나 사이버 모임에서 그 사람이 올린 후기를 보면 더 싫고 자신에게 짜증이 난다고 한다. 비교라는 게 그렇게 무서운 것이다. 자기를 한없이 깎아내리는 것이다. 그 사람이 돈을 더 많이 받는 것은 그만한 이유가 있다. 남들이 그만큼의 가치를 인정해 주기 때문이고 그 분야에서 오래된 경험이 있었기 때문이다. 속이라도 편하게 그런 것들을 그냥 인정해주자. 지금 일하고 있는 분야도 똑같다. 이 분야는 기술적으로는 내가 훨씬 뛰어나고 고객과 일을 풀어 나가는데도 내가 더 잘한다고 생각하지만, 그 사람은 많은 주문을 받고 나는 그저 밥벌이 수준에서만 돈을 버는 경우가 있다. 이렇게 되면 비교를 하기 시작한다. 그러면서 자신이 점점 싫어졌다. 만사에 의욕이 없어지는 것이다. '그 사람은 실력이 어쩌든지 간에 이 분야에서 30년 정도 일해 잔뼈가 굵은 사람이고 나는 이제 신입생에 불과한데 왜 내가 저 사람과 비교가 되지?' 이런 생각을 하면 그런 비교는 무의미하다. '다모클래스의 검'이라는 이야기가 있다. 왕의 측근인 다모클래스가 왕의 신분을 부러워하기에 왕이 다모클래스에게 왕좌에 앉게 했다. 어느 날 왕의 의자에 앉아서 우연히 천장의 보니 날카로운 칼 하나가 머리 위에 매달려 있더라는 것이다. 남을 부러워한다는 것은 이런 것이다. 정작 그 위치에 가보면 그 사람은 만사에 조심하며 최악의 상황을 대비하여야 하고 있다는 것을 알게 된다. 나보다 잘하고 있다는 건 그만한 이유가 있다는 뜻일 것이다. 내가 지금 할 수 있는 것에 열심히 하다 보면 나도 10년이 넘은 후에는 당연히 지금보다 더 잘할 것이다. 이렇게 비교라는 것을 내려놓고 나를 지금의 내 형편을 인정하는 순간 마음이 편해졌다. 자칫하다가는 패배 의식에 시간을 보냈을 건데 인정하고 나니 당연한 귀결로 받아들여졌던 것이다. 어떤 것을 하든지 간에 상대방과 비교는 될 수 있으면 하지 말아야 한다. 같은 시간 살면서 괜히 남보다 못한다는 생각으로 살아봐야 자신만 손해다. '네가 잘하는 거 있고 내가 잘하는 거 있다. 나는 내 분야에서 내 장점 살려서 잘하면 된다.' 이런 대인배 같은 생각으로 일을 해 나가야 한다. 경영학의 구루라고 불리는 피터드러커는 "인생을 진지하게 사는 사람들은 자신의 강점 위에 자신을 설계한다."라고 했다. 남과 비교하기보다는 자신의 강점을 더 갈고닦는데 시간을 더 투자해야 한다.

갑자기 너무나 많이 주어지는 시간

직장을 다닐 때는 몇 시까지 출근해야 하고, 적어도 몇 시까지는 일해야 하고, 언제까지는 어떤 업무를 해야 하고, 보고서는 며칠까지 제출해야 하는지 그리고 모든 회의도 시간이 정해져 있다. 조금 바쁘면 일주일이 어떻게 간지 모르게 지나가 버린다. 일주일이 지나면 주간보고를 하고 한 달 간격으로 월간 보고를 한다. 회의만 참석하다가 하루가 가는 경우도 많다. 퇴근 후에는 동료들과 술 마실 시간도 하루 중 몇 시간을 할애해야 한다. 사실 나는 이런 분위기를 좋아했다. 일정 정도의 바쁨과 시간에 쫓기는 생동감을 좋아했다. 어떤 일을 하는데 마감 시간이 정해져 있다는 것은 시간 차원에서 나에게 안도감을 줬다. 그런 정해진 틀에서 내 시간을 만들어 갈 수 있었기 때문이다. 그렇게 만들어진 시간은 내가 남보다 더 열심히 살고 있다는 자신감을 주기에 충분했다. 회사를 나오고 본인의 일을 하다 보면 직장에서 했던 시간을 투자했던 모든 것이 거의 다가 불필요한 시간이다. 바꿔 말하면 그 시간만큼 나에게 자유의 시간이 된 셈이다. 매일매일 사무실에 가야 하는 출근 시간은 정해져 있겠지만 보고서 작성이나, 보고, 회의 같은 것들은 일이 있을 때만 하는 업무다.

본인이 시간 결정을 할 수 있다

권혁기의 《위기의 인생 2막》이라는 책 속에는 "1인 기업가들은 시간을 자기가 결정할 수 있다는 것, 다시 말하면 자유롭다는 것을 최대의 장점으로 여긴다. 1인 기업가에게는 시간을 스스로 결정하고 디자인할 수 있는 재량이 주어지고 그 시간에 자신만의 색깔을 자유롭게 칠할 수 있는 무한한 자유가 주어진다. 하지만 그에 다른 책임도 온전히 자신의 몫이다."라고 했다. 사실 회사를 나오면 가장 좋은 점이면서 가장 어려운 것이 시간이 많다는 것이다. 좋은 점에 대해서 우선 말해 보자면 휴가를 들 수 있다. 조금 과장되게 말하면 우리나라 전 회사원의 휴가는 같은 날이다. 특히나 자동차 업계는 자동차 메이커의 휴가 기간과 같다. 그러다 보니 온 나라가 같은 날 한꺼번에 휴가를 떠나는 것 같은 착각이 든다. 그러다 보니 휴가 기간에는 평상시 막히는 길도 한산하다. 반대로 바닷가나 유명한 휴양지는 만원이다. 회사에 다니지 않으면 이런 점이 자유롭다. 남들이 휴가를 가니 조용히 일을 할 수 있다. 고객들이 전부 휴가를 가니 전화올 일도 별로 없고 아침저녁으로 시원하게 운전하면서 출퇴근이 가능하다. 이 기간에는 반바지를 입고 사무실에 출근했다가 시원한 에어컨 밑에서 여유롭게 일할 수 있다. 내 휴가는 남들의 휴가가 끝나고 한참 후에나 갈 생각을 한다. 그것도 주말이 아닌 평일에 휴가를 간다. 다른 나라는 모르겠지만 한국의 휴양지는 비성수기, 성수기, 극성수기라는 기간이 있다. 그 기간은 요금이 제각각이다. 성수기는 평상시에 2배 이상, 극성수기는 3배 이상을 받는 곳도 있다. 예를 들면 하루 숙박하는데 10만 원인데 성수기 때는 20만 원, 극성수기 때는 30만 원까지 받는 곳도 있다. 그뿐 아니라 평일과 주말 요금도 다르다. 그렇기 때문에 가장 좋은 조합은 비수기, 평일에 휴가를 가는 것이다. 직장에서 나오면 휴가 기간이 아닌 평일에 움직이는 게 가능하다. 휴가 기간에 움직이지 않으니 오가는 교통이 막힐 일이 없다. 휴가가 끝난 비성수기니, 큰돈을 지출할 일도 별로 없다. 같은 방을 구하는데 30만 원짜리가 10만 원도 안 된다. 더 좋은 것은 그 돈을 지출하면서 대접까지 받는다는 것이다. 어차피 평일에는 사람들이 없으니 우리 같은 손님이 오면 더 환대해 준다.

그래서 우리 가족은 평일에 움직인다. 남들과 부대끼며 휴가를 즐기는 그런 묘미는 없지만 좀 자유롭고 여유로운 여행이 가능하다.

한번은 여름에 군산 선유도에 갔는데, 휴가철이 다 끝난 뒤라 조용하고 바다 위 튜브에 누워서 하늘을 바라보고 있노라니 너무 좋았다고 아내가 말했다. 심지어는 그 해수욕장에 우리 식구만 있더라는 것이다. 설마 진짜로 우리만 있었을 리 없지만 넓은 해수욕장과 그 위에 하늘을 혼자만 쓰고 있다고 생각하니 부자가 된 느낌이 들더라는 것이다.

한번은 가족끼리 제주도에 간 적이 있다. 일요일 오후에 출발해서 수요일에 돌아오는 일정이었다. 항공권도 생각보다 싸게 나와 예약하고 제주도에서 차를 빌려서 돌아다니는데 한가하게 드라이브를 즐길 수 있었다. 어디를 가나 줄을 서지 않고 바로 먹을 수 있고 숙소도 가족끼리 왔다고 예약한 방보다 더 큰 방을 받았다. 애들과 관광지에 가서도 마음 편하게 마치 우리가 그 관광지 주인인 것처럼 행세하다가 왔다. 회사에 다니면 생각지도 못했을 호사다. 어떤 사람은 휴가라는 것은 남들과 부대끼면서 지내야 휴가라는 맛이 난다고 한다. 그 말에 반대할 생각은 없지만 내가 내 돈 쓰면서 바가지요금에 대접받지 못한다는 느낌을 받기보다는 좀 여유로운 휴가가 좋다.

자유의 동의어는 외로움이다

직장을 나오면 한없는 자유는 있다. 아무것도 안 할 자유, 집에서 한없이 쉴 수 있는 자유, 어디를 가고 싶을 때 그냥 떠날 자유, 나열

하자면 끝이 없다. 그렇지만 관계 안에서 살아야 하는 사람들은 자유를 얻으면 외로움이 필연적으로 따라온다. 자유의 동의어는 외로움이다. 혼자서 쉬어야 하고 어딜 가도 혼자서 가야 한다. 밥도 혼자서 먹어야 하는 경우도 많다. 또 고객은 고객일 뿐 동료는 절대 아니다. 이런 외로움을 이기려면 많은 노력이 필요하다. 기본은 외로움을 즐거움으로 즐겨야 한다. 사이토 다카시의 《혼자 있는 시간의 힘》이라는 책을 보면 혼자만의 시간이 자기를 성장시킨다고 했다.

그 책에서 말하는 것은 "바깥세상과는 거리를 두고 혼자 자유로운 시간을 가짐으로써 얻어지는 마음의 평화와 휴식은 자유의 목표가 아니다. 혼자 있는 시간은 꿈과 목표를 위해 몰입하는 시간이요, 기대를 현실로 바꿀 수 있는 힘을 가진 시간이다. 자신의 꿈이란 오직 자신의 가치를 굳게 믿는 긍정의 마음을 바탕으로 집중할 때 성큼 가까워질 수 있고, 이때 혼자 있는 시간은 엄청난 에너지를 낸다. 혼자 있는 시간을 어떻게 보내느냐가 당신의 미래를 결정한다."라고 책에서 말하고 있다. 역설적으로 혼자 있는 시간이 외로움을 이기는 힘이고 회사를 나온 이유가 되어야 한다. 사업을 하면서 돈을 버는 것도 중요하지만 또 하나는 회사에서는 아직 못 해 본 것들을 찾아보는 것이다. 회사 생활에서는 본인의 꿈을 찾기 어려우니 외롭지만, 이제라도 자신이 존재 이유를 아는 노력이 중요하다.

그럼 내 존재 이유는 무엇일까? 아직 모른다. 죽을 때까지 찾아봐야 할지도 모른다. 아니면 벌써 내 옆에 있을지도 아직 멀리 있을지도 모르지만, 모르니까 열심히 해 보는 것이다. 속된 말로 '호기심 천국'이 되어야 한다. 마지막까지 재미있고 활기차게 생활하고 싶다면 이런 호기심을 잃지 않도록 잘 간수해야 한다. 자유는 외롭다. 외롭지만 호기심이 있다면 이런 외로움은 충분히 느낄 만하다.

개인적으로 하고 싶은 것을 찾아야 한다

사업을 하면 엄청 바쁠 것 같고 바빠야 돈을 번다고 생각해서 소위 영업하러 다닌다고 바쁘게 움직인다. 그렇지만 그것도 한철이다. 날마다 모르는 사람을 만나서 내 분야의 영업을 한다는 것도 불가능하고 만난다고 해도 일과 연결하기가 쉽지 않다. 우선은 내가 하는 일과 관계된 분야의 사람들을 위주로 만난다. 시간이 많이 남는다고 어떤 사람은 "돈을 많이 못 벌 것 같네, 그 시간에 영업을 더 하지." 그렇게 말할 수도 있겠지만 누구를 많이 만난다고 돈이 벌리지는 않는다. 나와 직접적인 일을 하는 그런 고객들만 만나도 충분하다. 평범한 일반인을 상대로 하는 장사가 아닌 기계공학에서도 정말 한쪽 변방에 있는 소음 진동 기술을 필요로 하는 그런 고객들만 찾아 나서는 게 영업이다. 이 사람 저 사람 말고 가망고객(이런 단어가 있을지 모르겠지만)을 위주로 만나면 된다. 구매 의사가 적은 고객과 시간을 낭비하는 것이 아니라 지금 고객들과 도움을 주고받으면서 가망고객을 소개받으면 된다. 무라카미 하루키가 소설가가 되기 전 술집을 운영했을 때 말한 것처럼 손님 열 명 중에 한 명만 단골이 되어 준다면 경영은 이루어진다. 아홉 명이 마음에 들지 않는다고 해서 신경 쓰지 않는다. 딱 서로 필요로 하는 고객만 있다면 나 같은 1인 사업은 큰 어려움이 없다. 다른 말로 하면 군이 나와 안 맞는 사람과 만날 필요가 없다는 말이다. 데이브 라카니의 《딱 1시간만 미쳐라》에서는 "인간관계는 필요에 따라 분류되어야 한다. 왜 인간관계를 지속하고 이 인간관계가 당신에게 어떤 도움을 주는지를 명확히 이해

하면 다양한 관계를 유지할 수 있다. 인간관계는 쌍방향 도로와 같다. 일방적으로 주기만 또는 받기만 하는 관계는 좋은 관계가 아니라 그런 관계는 과감히 끝내는 게 좋다. 일방적인 관계는 시간을 뺏기도 성장을 방해하기도 한다. 이런 사람과의 관계는 치명적이다. 당신의 친절에 어떠한 보답도 하지 않는 사람과의 관계는 당장 끊는 것이 낫다."라고 했다. 공감이 가는 말이다.

혼자 있는 시간을 즐겨야 한다

의뢰가 온 시험도 길면 이삼일 정도면 끝난다. 끝나면 보고서 쓰는 일이 큰 숙제지만 그래도 일주일 안에 마무리가 된다. 이렇게 실험하고 보고서 쓰고 나면 다시 적적한 생활이 시작된다. 사실 나 같은 분야의 사업을 하다 보면 매일 그렇게 바쁘게 움직이지 않는다. 책상에 앉아서 온종일 인터넷을 할 수도 있고 사무실에 찾아온 친구와 시간에 구애받지 않고 남의 눈치도 안 보면서 수다를 떠는 일도 있다. 그런 생활이 점점 편안해질 것 같으면 한 달이 훌쩍 가 버린다. 시간이 지난 것은 한 달에 한 번씩 날아오는 각종 세금에 공과금 우편과 이메일로 안다. 시간이 예상외로 많이 남는다. 이 시간을 어떻게 해야 한다. 혼자 일을 하려면 혼자 즐길 수 있는 방법을 찾아야 한다. 하코다 타다아키의 《행복을 불러들이는 아침 5시부터의 습관》이라는 책에는 "시간을 어떻게 하느냐에 따라 시간의 '질'을 높일 수 있다. 세상에서 성공한 사람이나 행복한 인생을 살고 있는 사람들의 대부분은 시간 활용에 대한 높은 의식을 갖고 시간을 효율적으로 활용하고 있다."라고 썼다. 혼자 있는 시간의 질을 높여야 하고 그러면서도 늘 주변에 사람들이 있는 환경을 만들어야 한다. 그 시간을 잘

보내는 방법은 내가 뭘 하고 싶었지? 직장 다닐 때 못했던 것들이 뭐가 있었지? 등을 생각해 보는 것이다. 다만 그런 것들이 그날 소일거리가 아니라 생산성 있는 어떤 것을 찾아야 한다. 생산성 있는 일이란 그냥 시간 죽이는 일이 아니라 하루에 일정 시간이 투자되는 그런 일이어야 한다. 《달리기를 말할 때 내가 하고 싶은 이야기》에서 무라카미 하루키는 다음과 같이 말하고 있다. "계속하는 것은 리듬을 단절시키지 않는 것이다. 장기적인 작업을 하는 데는 그것이 중요하다. 일단 리듬이 설정되기만 하면 그 뒤는 어떻게든 풀려나간다. 그러나 탄력을 받은 바퀴가 일정한 속도로 돌아가기 시작할 때까지는 계속 가하는 힘을 멈추지 말아야 한다." 어떤 것에 하루 중 정해진 시간을 투자하는 것이 중요하다.

일정시간을 투자할 수 있다는 것은 나에게 중요한 일이다

회사에 다닐 때처럼 일정 시간을 항상 투자할 수 있는 일이어야 한다. 어디에 일정 시간을 투자한다는 것은 단순한 일이 아니라 인생에서 중요한 일이 분명하다. 그러기에 시간 투자를 하면서 우선순위에 두는 것이 아닌가?

나에게는 그 일이 운동과 독서였다. 월, 수, 금 오전 11시에는 무조건 검도장을 간다. 이렇게 아침에 어떻게 보면 틀에 박힌 행동이 망설임을 없애 주는 것이다. 혼자서 일하는 사람은 뭐니 뭐니 해도 가장 중요한 것은 자신의 건강이다. 누가 대신해줄 사람이 없으니 내가 건강하지 않으면 아무것도 못 한다. 검도는 대학 때부터 하다 말기를 반복한 운동이었다. 직장에 와서도 좀 하다가 바쁘니까 꾸준히 못하는 운동이었다. 지금은 웬만하면 이 시간은 비워 놓고 일주일 일정을 세운다. 물론 운동보다는 사업이 먼저니까 업무상 못 가면 어쩔 수 없다. 격한 운동 후에 샤워하면 살아 있는 것을 느낀다. 윤태호가 쓴 《미생》이라는 만화에는 이런 대사가 있다. "평생 해야 할 일이라 생각되면 체력을 길러라. 게으름, 나태, 권태, 분노 모두 체력이 버티지 못해 정신이 몸의 지배를 받아 나타나는 증상이다. 데미지 이후 회복이 더딘 것도 체력의 한계 때문이다. 정신력은 체력의 보호 없이는 구호에 지나지 않는다."

또 하나는 책 읽기다. 업무를 마치면 집 앞의 도서관에서 2, 3시간은 책을 읽는다. 아무 책이나 읽어도 좋지만 그래도 내가 지금 관심 있는 분야의 책을 읽는다. 이 정도 시간이면 한 달에 대여섯 권은 무난히 볼 수 있다. 이 정도면 직장 다닐 때와 비슷하게 책을 읽는 시간이 배분된다. 일에 관한 업무는 3, 4시간이면 족하다. 그것도 많다. 진짜 집중하면 한 시간 안에 끝나는 경우도 많다. 물론 많은 경우는 몇 시간이고 시험 데이터에 묻혀있는 때도 있고 몇 날 며칠을 보고서를 쓰는 예도 있다. 그렇지만 그런 특수한 경우가 아닌 일반적으로 혼자 하는 업무는 오전 한 시간, 오후 한 시간이면 다 끝이 난다.

처음 직장 다닐 때 사장님이 하신 말이다. "전화 받고 회의하고, 잡담하고 하는 시간을 다 빼면 회사 일도 지나고 보면 딱 서너 시간이면 다 하지 않아?", "사장님 전화 받고 회의하고 그게 회사 일인데요." 하고 말했지만 사실 본인의 일에 관한 업무는 서너 시간이면 다 끝이 난다. 사업에서도 어쩔 수 없이 일을 며칠 해야 하는 때도 있지만 그런 일이 아닐 때는 사무실에서 하는 것은 그 정도 시간이면 다 끝난다. 일하는 시간을 빼고는 생산성 있는 하루하루 일정 시간을 투자할 수 있는 그런 일을 찾아야 한다.

직장 생활을 오래 한 사람이 사회에 나오면 할 것이 별로 없는 것은 한편으로 생각하면 직장 일 말고 다른 곳에 시간 투자를 하지 않았다는 것이다. 사람의 일탈의 주원인은 외로움이다. 혼자만의 시간을 어떻게 보낼지 몰라 쉽게 유혹에 넘어간다. 이 외로움을 잘 달래야 한다. 사업을 하면서 많은 시간을 어찌할 바를 모르고 흘려보낸다면 사업을 하면서 가장 좋은 장점인 시간을 그냥 낭비하는 것이나 마찬가지다. 누구에게나 똑같이 주어진 시간을 어떻게 활용하느냐가 하반기 인생을 풍성하게 할 수 있다.

내 장점을 아는 것이 중요하다

사업이라는 건 크게 하든지 작게 하든지 간에 직장 다니는 것보다는 많은 위험이 따른다. 사업을 시작하면서 가장 중요한 것은 뭘까? 여러 의견이 있겠지만 가장 중요한 건 자신의 장점을 아는 것이다. 예를 들면 내가 남들에게 쉽게 다가갈 수 있는 성격인가? 또는 내가 꼼꼼하게 일 처리를 하는가를 아는 것이다. 일을 하면서 본인의 장점을 잘 살려서 일을 처음부터 마지막까지 처리할 수 있느냐가 중요하다.

장점이라는 게 거창할 필요는 없다. 남들이 가지지 못한 나만의 특별한 능력일 필요도 없다. 사실 그런 능력을 가진 사람은 별로 없다. 사람들은 거의 다가 오십보백보의 능력을 가지고 살아갈 뿐이다. 그런 능력 안에서 내 자신의 장점을 발견해야 한다. 예를 들면 '다른 사람의 이야기를 잘 들어 주는 것', '말을 상대방을 배려하면서 잘하는 것', '글을 논리적으로 잘 쓰는 것', '일을 처리하는 임기응변' 등도 남들과 비교하면 커다란 장점이다. 그런데 사업을 하려면 그런 장점들이 회사에서만 필요한 것이 아닌지 다른 분야에서도 적용이 가능한지를 알아야 한다.

나는 사람과 관계를 잘 맺는 사람인가?

다른 사람과의 관계를 맺는 능력이 원만한가가 가장 중요하다. 사업은 무에서 유를 창조하는 것과 같다. 그것이 바로 영업이다. 영업 능력이 돼야 돈도 버는 것이고 사업도 커지는 것이다. 그렇지만 나는 영업 능력이 좋지 못하다. 돌아다니는 거 별로 안 좋아하고 잘 모르는 사람과 이야기 하는 것도 자신이 없다. 10년 이상 직장 생활만 했으니 관계의 폭도 한정적일 수밖에 없다. 이런 단점이 있음에도 불구하고 내가 생각하기에 규모가 작은 회사일수록 가장 이상적인 고객으로 한정하고 일을 해 나간다면 적어도 망하지는 않는다는 생각이다. 조기선의 《물건을 팔지 말고 가치를 팔아라》라는 책에서 "자본과 인력의 한계가 있는 작은 회사는 가능한 한 시장을 세분화해야 한다. 모든 고객을 만족시킬 수 없기 때문에 특정 분야, 특정 고객을 한정하여 부분 1위를 목표로 비즈니스를 하라."라고 조언하고 있다.

그렇다면 내 장점이 뭘까? 내 장점은 그래도 남들과 좀 알고 나면 계산적이지 않는다는 점이다. 그냥 좋은 게 좋다고 무난하게 지내는 편이고, 생각나면 전화도 자주 한다는 점이다. 또 오랫동안 연구직에 있다 보니 보고서 쓰는 스킬이나 실험 후 데이터를 처리하는 방식이 남들보다 조금 세련되어 있다.

장점은 알았고 이것을 어떻게 적용할까? 라는 고민에 빠졌다. 우선은 지금까지 나랑 관계를 맺어 왔던 내 분야와 관련성이 있는 사람들과 만나야 한다. 손으로 뽑아보니 서넛 회사가 되는 것 같았다. 찾아가서 자초지종을 말하고 도와 달라고 부탁해야 했다. 처음 본 사람이 아니니 도와 달라는 말을 하는 처지나 듣는 입장이나 큰 부담감은 없다. 직접 도움을 받지 못하더라도 그 회사를 통해 다른 회사를 소개를 받았다. 자연스럽게 업무 공유를 하게 되었다. 다행히 나에게 의뢰한 프로젝트를 별 무리 없이 마쳤고 그 후 그 회사와는 지속적으로 일을 진행하게 되었다. 실험하고 보고서까지 전문가가 아닌 사람도 이해하기 쉽게 깔끔하게 책자 형식으로 만들어서 제출했다. 이런 방법은 나에게 의뢰한 회사에서 보면 전문가처럼 느꼈던 것이다. 물론 내가 잘해서 된 것은 아니다. 오랜 직장 생활에서 같은 일을 하다 보면 전문가 수준은 되고 대강 보면 어떻게 해결하면 되겠다고 하는 그런 느낌은 있다. 나뿐만 아니라 그 정도의 경력을 가진 다른 사람도 마찬가지일 것이다. 이런 방식으로 나는 충성고객을 하나 얻었다. 이런 식으로 차근차근히 해 나가야 한다. 처음에는 힘들지만 이런 식으로 일하면 지속적인 관계 유지가 된다. 다 아는 이야기일 테지만 가장 가망성 있는 영업은 소개로 이루어지는 영업이다. 그리고 당장 인연이 되지 않더라도 언젠가는 연을 맺게 된다. 특히나 나같이 희소한 분야의 사업은 많은 고객보다는 꼭 필요한 고객들로만 인연을 맺는 것이 더 중요하다. 또 '고객과 같이 성장한다.'가 어떤 프로젝트를 하는데 가장 우선되는 마음이다. 교학상장(敎學相長)이다. 가르치고 배우면서 서로 성장하는 것이다. 그래서 메일의 끝에 항상 쓰는 서명란에는 'TNS는 고객의 성공을 돕습니다.'라는 문구로 교학상장을 풀어서 표현하고 있다. 나 자신이 남들과 비교해서 어떤 작은 장점이 있는가? 그리고 그것을 어떻게 보여 줄 것인가가 사업을 함에 있어 가장 중요하다. 그래야 억지로 끌려다니지 않고 즐거운 마음으로 일을 하는 것이다.

설마 내가 '다능인'일지도 모른다

하완의 《하마터면 열심히 살 뻔했다》에서는 "진짜 하고 싶은 일은 찾아오는 것이다. 일하거나 공부하거나 취미생활, 여행하거나 활동하는 동안 자연스럽게 운명처럼 찾아오는 일이다. 아무것도 안 하고 머릿속에서만 찾아지는 것이 아니다."라고 했다. 경험상 정확한 말이다. 나도 재미있고 하고 싶은 일은 일상생활을 하면서 찾아냈다. TED

에서 에밀리와프릭이 '다능인'에 대해서 강의를 한 적이 있다. 다능인은 하나에 푹 빠지면 그것만 파다가 일정 수준 능력에 도달하던지 일정 이상의 효과를 내면 급격하게 흥미가 떨어지고 그러면 전혀 다른 분야에 눈을 돌리는 사람이라고 했다. 그리고 관련 없는 분야일지언정 다른 흥미가 있는 것을 찾아 나서는 사람이라고 한다. 내가 그런 성향이다. 회사만 다녔으면 몰랐을 장점이다. 호기심이 일면 우선 해보고 어느 정도 실적을 낸다. 남들이 인정해 주는 실적이다. 책을 많이 읽는 편인데 책을 읽는 김에 책을 한번 써 볼까? 하는 마음에 2년 정도 글을 써서 책을 출간했다. 그러다가 독서지도사 한번 도전해 볼까? 하는 마음에 5개월 동안 독서지도사를 공부하고 1급 자격증을 땄다. 그래도 15년 이상을 기름밥 먹었으니 대학 강의 한번 해 볼까 했는데 다행히도 1년간 대학 강의 기회도 가졌다. 강의 평가도 좋은 걸 보니 강의가 나쁘지 않았나 보다. 그리고 이제는 대학에서 정식적으로 강의를 하게 되었다. 회사를 계속 다녔으면 몰랐던 장점들이 나에게도 어느 정도 있었나 보다. 이것도 아무래도 시간에 쫓기거나 일에 대한 마감 시간을 컨트롤할 수 있는 직업이다 보니 가능하지 않았나 싶다.

무한긍정이어야 한다

어떤 일을 할 때는 어느 정도의 결과를 예상하고 시작하기 마련이다. 그리고 그 일에 대한 나름의 진행 계획과 일정을 짠다.

계획을 짤 때는 당연히 그 일이 끝나는 시점에서 역으로 계획을 짤 것이다. 학생 때를 생각해 보면 쉽게 알 수 있다. 시험 이틀 전에는 최종 정리를 한다고 생각하면 시험 일주일 전에는 어디까지 공부할 것이고 시험 2주 전에는 어디까지, 그러면 지금은 어떤 부분을 공부해서 일정을 맞추겠다는 식이다. 일에 대해서도 똑같은 방식으로 적용할 수 있다. 3개월 후 일이 끝나야 한다면 3개월 후를 기준으로 현재부터 할 일을 역으로 계산하는 것이다. 예를 들면 언제까지 일이 마무리되어야 하니 최종보고서는 언제까지 써야 하고 데이터 분석은 언제까지 해야 하고 기초 조사는 언제까지 해야 한다는 식으로 뒤에서부터 계획을 짜 나간다.

개인도 계획을 짜듯이 사람들과 같이하는 단체 활동의 일도 이런 식으로 일을 처리한다. 그렇지만 혼자 하는 일과 달리 계획대로 가는 것은 아니다. 도중에 어떤 일이 일어나서 계획이 바뀔 수 있고 나는 한다고 열심히 했지만, 상대편에서 다른 생각을 가질 수 있어 일정이 틀어지기도 한다. 그래서 회사에는 회의라는 것을 하고 주기적으로 일정을 관리하는 것이다.

그렇게 하더라고 최종적으로 미흡하게 끝나는 경우도 많고 정말로 남은 것은 하나도 없고 서류만 남는 경우도 많다.

이럴 때는 힘이 빠진다. 회사에서는 잘한 일도 일을 한 것이고 못한 일도 일을 한 것이라 돈을 주지만 회사에 다니지 않는 입장에서는 못하거나 결과가 좋지 않으면 아무것도 없을 수도 있다. 이런 일이 몇 번 반복되면 시간적인 손해, 금전적인 손해는 당연하고 회의감도 들고 우울해지기도 한다. 일을 하다 보면 이런 일이 심심치 않게 일어난다는 것이다. 그럴 때마다 회의감이나 우울할 수는 없는 일이다. 해결점은 단 하나다. 무한긍정의 마음을 가지는 것이다. 다른 방법이 없다. '다음에는 잘되겠지. 좋은 경험했네.'라고 털어 버려야 한다. 가지고 있어 봐야 스트레스만 받고 기운만 빠진다. 내가 할 수 있는 최선을 다 해 보고 안 되면 하늘의 탓으로 돌리면 그만이다.

결과가 좋으면 추억이 되고 나쁘면 경험이 된다

일에서 나쁜 결과에서도 경험과 노하우는 없어져 버리는 것이 아니다. 어느 책에선가 경험은 자신이 살아온 역사라고 읽은 기억이 있다. 설사 그것이 나쁜 경험이더라도 분명히 자신의 역사의 한 부분이 되고 다음에 그런 상황에서 그 역사를 반복하지 않으면 되는 것이다. 어떤 일을 하든지 좋은 결과와 나쁜 결과는 있기 마련이다. 결국은 모든 일이 추억이나 경험으로 나중에는 나에게 약이 된다. 장정빈의 《하루를 일해도 사장처럼》이라는 책에는 "성공한 사람 가운데 계획적으로 노력해서 성공한 확률은 20%에 지나지 않고 나머지 80%는 우연히 만난 사람이나 예기치 않게 겪은 일들을 통해 성공한 것이다."라고 했다. 내가 생각해도 경험상 그렇다. 우연은 갑자기 찾아오는 그런 우연이 아니다. 뿌리고 가꿔가면서 관리하는 그런 영역 안에서 주위의 고객을 통해 맺어지는 우연이다. 그렇기 때문에 어려울 때는 무한긍정으로 살아야 한다. 우연히 만난 80%는 어디에나 있다. 지금 나에게 나타나지 않을 뿐이다.

버티는 것도 능력이다

사업을 하다 보면 자신의 능력 밖에 일이 발생할 수 있다. 개인적인 문제가 아니라 생각지도 않은 국가적이나 세계적인 어려움이 올수 있다. IMF나 자연재해가 국가적인 재난이었다면 현재 창궐하고 있는 코로나19 같은 의료 팬데믹은 전 세계적이다. 불안한 것은 이것이 언제 끝날지 모른다는 것에 있다. 사람끼리 전염이 되는 병이니, 최선의 예방은 사람을 안 만나는 일이다. 관계로 이루어진 인간 사회에서는 치명적이다. 이럴 때 개인이 할 수 있는 것은 아무것도 없다. 처음에는 온 나라, 온 세계가 마치 정지된 것처럼 느껴졌다. 특히나 한국 같은 수출국은 더욱 취약할 수밖에 없다. 이제는 사람이 죽고 사는 문제니, 공장이 잘 돌아갈 리 없고 공장이 안 돌아가니 돈이 안 굴러가고 그러다 보면 장사가 될 리가 없다. 사람들이 모여야 일이 만들어지고 진행되는데 모이는 것 자체가 위험하니 출장도 가지 못한다. 더욱 심각한 것은 인류가 이런 바이러스와의 전쟁에서 이기는 방법을 아직 모른다는 것이다. 역사적으로 이런 문제는 어느 정도 시간이 지나 바이러스에 의해 세계적인 인구조절이 되면 사라졌다. 백신이 나온다지만 모두에게 효과가 있는지는 모르겠고 치료제는 아직 감감무소식이다. 백신이 나와도 예전 생활로 돌아간다는 보장도 없다. 이런 시국에는 아무리 열심히 하려고 해도 개인이 할수 있는 일은 거의 없다. '현상 유지만으로도 돈을 버는 것이다.'라고 말할 정도다.

여유자금을 확보해 두어야 한다

사업을 하면서 여유자금을 확보하는 것은 필수다. 지금 당장 수입이 없더라도 1년을 버틸 수 있는 정도의 돈이 필요하다. 어려울 때마다 나라에서는 자금을 풀어 자영업자나 소상공인을 도와준다고 하지만 돈 받기가 어렵다. 은행에서는 이것저것 따져 가면서 자격이 불충분하다는 조건을 달기에 바쁘다.

설사 받았다 하더라도 결국은 빚이다. 엄연히 대출이다. 공짜로 전 국민에게 주는 돈이 아니라면 대출에는 아무리 작더라도 이자가 따르기 마련이고 갚아야 할 돈이다. 돈을 빌려도 얼어붙은 상황에서 수익을 내는 것은 불가능하다. 지금은 회사도 버티질 못하고 구조조정을 하고 명예퇴직을 시키는 마당이다. 아직 그 정도까지가 아닌 회사라면 임금삭감을 하면서 버티고 있는 것이다. 은행에서 빌린 돈은 그냥 회사의 생명 연장을 도울 뿐이다. 빌린 돈이 떨어질 때까지만 살 수 있다. 최악의 경우에는 폐업하겠지만 그전까지는 직원을 줄여서라도 회사를 유지하려고 하고 있다. 지금까지 같이 했던 직원을 줄인다는 것이 너무한 거 아니냐고 하겠지만 아시다시피 원래 돈이라는 것은 윤리적이지 않다. 돈에는 국경도 윤리도 없다. 우선 살아 내는 것이 중요하다. 일반회사도 이 정도인데 개인회사는 더더욱 어렵다.어쩔 수 없이 최대한 경비를 줄여야 한다. 개인 사업을 하면서 누누이 강조해도 지나치지 않는 것은 돈의 흐름이다. 절약은 이런 비상시에 살아남기 위한 수단이 될 수도 있고 나중에 더 큰 것을 얻기 위한 저축성일 수도 있다.

사업 이외에 소일할 것이 있어야 한다

안 그래도 시간이 많은데 이런 시국에 사업이 안 되니 시간이 더 남는다. 일반적인 사람들은 이럴 때 고객을 만난다. 어려울 때 사람을 만나서 나중에 더 좋은 인연으로 발전시키겠다고 생각할지 모르겠지만 그것은 지금 시국에는 시간 낭비일지 모른다. 나만 어려운 것이 아니라 고객도 본인의 회사 앞날을 기약 못 한다. 서로 힘들다는 말만 할 뿐이다. 같이 어려우니 동지애를 느끼면서 위안을 삼을 뿐이다. 감정도 전염이 된다. 1966년 피츠버그대에서 실험한 결과 사람들은 21ms 안에 상대방의 동작을 모방한다고 했다. ms(밀리초)는 1초를 1,000으로 나눈 아주 짧은 시간이다. 감정 전염은 자연스러운 것이며 자연스럽게 나타나는 특징이라는 것이다. 결국 행복한 사람과 좋은 관계를 맺을수록 행복해질 가능성이 높고, 우울한 사람과 지낼수록 우울해질 위험이 높다는 것이다. 대화 상대가 의기소침하면 이야기도 재미가 없고 괜히 기분만 상한다. 그럴 바에야 다른 것을 하는 것이 낫다.

혼자서 할 수 있는 일, 생산적이면 더 좋겠지만 내 만족을 위해 시간을 보내는 일도 좋다. 달리기를 한다든지, 걷는다든지 좀 소원했던 가족과 시간을 같이 보내는 일도 좋다. 기분을 좋게 하는 일을 찾아서 시간을 보내야 한다. 언제 이 난리가 진정될지 모르겠지만 넋 놓고 있을 수는 없다. 코로나 블루에 빠지지 않아야 한다. 국립정신건강센터에서 코로나 블루를 다음과 같이 말하고 있다. "코로나 블루는 코로나19와 우울감이라는 블루(blue)가 합쳐진 신조어로 코로나19 확산으로 일상에 큰 변화가 닥치면서 생긴 우울감이나 무기력증을 뜻한다. 피로하고 힘든 시기에 여러분의 안부를 물으며 코로나 블루에 대해 생각해 본다. 신종코로나 감염 자체가 해결해야 할 문제가 되고, 불필요한 외출이나 출근도 자제할 것을 요구받는다. 코로나 감염 확대에 따라 붕괴한 우리의 일상은 실직이나 불경기 등 어려운 상황으로 내몰리고 이런 상황이 되면 우리는 불안감을 갖게 된다. 주위에서 계속 나오는 감염으로 자신이나 가족이 감염되는 것에 대한 불안감, 경제 활동이 붕괴됨으로 인해 어려움이 닥치지 않을까 하는 간접적인 불안감을 경험한다." 코로나 블루를 겪으면 괜히 화와 짜증만 난다. 《참을 수 없는 존재의 가벼움》에서도 "사람들에게는 힘 있는 자 중에서 범인을 찾고 약한 사람들 속에서 무고한 희생자를 찾는 경향이 있다."라고 한 것처럼 그런 불만들은 가장 가까운 가족에게 분출된다. 시간이 지남에도 불구하고 좋아지거나 호전되는 소식은 점점 멀어지고 연일 조심하라고 하거나 대규모 감염 사태가 다시 발생했다는 등의 미디어 보도는 불안감을 극대화한다. 이런 상황이 개인에게는 우울감을 준다. 게다가, 사업을 하는 입장에서는 재정적인 문제와 미래에 대한 불안감으로 짜증만 내게 된다.

나는 의도적으로 인터넷이나 신문 기사 중에 이런 우울한 부분은 안 보고 넘겨 버린다. 차라리 개인적으로 관심 가는 한 분야를 정해서 그 분야의 책을 사서 본다. 예를 들면 바이러스나 팬데믹이라는 단어를 서점에 검색해서 대여섯 권 사보는 것이다. 어차피 다들 어려운 시기 덕분에 지식이나 쌓자는 식이다. 그러면서 의도치 않게 가짜 뉴스에 시달리지 않을 정도의 지식을 가질 수도 있다. 독서라는 것이 은근 시간 보내기는 좋고 한 권의 책을 읽고 나면 지식의 지평이 넓어진 것 같은 만족감도 든다.

다른 분야에 관심을 둬야 한다

요즘 사람을 만나 보면 대부분 이런 생각을 한다. "이거 안 하면 뭐 먹고 살지 걱정이다." 오랫동안 해 왔던 일은 손에 익숙하고 익숙하다 보니 남보다 잘한다.

그렇지만 시대는 예전 같지 않다. 한 가지만 잘해서는 그런 기술이 필요가 없을 때 잉여 인간이 될지도 모른다. 그때 신세 한탄해봐야 소용없다. 지금 이 일을 못 한다면 어떤 일을 내가 다시 시작할 수 있을까? 하는 것을 생각해 두어야 한다. 그리고 다들 어렵다고 할 때 관심을 가지고 자료를 모으고 조금이라도 실제적인 경험을 해 봐야 한다.

내가 지금 하고 있는 일이 나이가 들어서도 유효한가? 유효하다면 나이가 들어서 체력적인 부담이 올 때는 어떻게 할 것인가? 유효하지 않다면 어떤 분야로 직업을 확장할 것인가? "직업을 갖는다는 것은 '나'를 발견하는 과정, 확인하는 작업을 거쳐 스스로를 확신하는 과정이다. 그렇게 확인된 '나'를 키운다. '나'라는 필터로 세상을 확인하는 것이다."라고 강혜목의 책 《당신의 문제는 너무 열심히만 일하는 것이다》에서 말하고 있다. 나중에 어떤 분야로 직업을 확장할 것인가도 결국 내가 나 자신을 확신하고 키우는 과정이다.

살아가면서 중요한 의사결정은 많은 정보 속에서 '선택과 집중'으로 이루어진다. 아무 정보도 없는 상태에서는 당연히 의사결정이 불안할 것이고 선택을 못 하니 집중도 못 한다. 관심 분야를 열어 두고 정보를 모으는 일이 중요하다. 현재 읽고 있는 책과 현재 만나고 있는 사람들을 보면 5년 후의 본인의 모습을 알 수 있다는 말이 있다.

전문가들은 코로나가 끝나더라도 세상은 코로나 이전의 시대로 돌아갈 수 없다고 말한다. 새로운 시대는 아니겠지만 사람 간의 접촉은 피하면서 일을 하는 시대로 변한다고 말한다. 그럼 이제는 어떤 것을 준비해야 할까? 지금과 전혀 다른 분야가 아닌 지금에서 조금 변화된 길을 모색해야 한다. 지금은 나만 어려운 게 아니라 다 어렵다. 어렵다고 손가락 빨고 있을 순 없다. 이 고통의 시간이 지났을 때 내가 얼마나 성장했는가가 더 중요하다. 본인이 본인을 못 믿기 때문에 고통이 배가 될지도 모른다. 어차피 나 혼자가 아닌 남들도 같이 겪는 거 마음을 편안히 갖고 버티는 것이 더 중요하다.

3부

'그리고' 다음은 어떤 직업으로
채울 것인가?

결국 인생은 행복이 목표다

　과거 직장 생활을 해 봤고 지금은 작은 사업도 하고 있지만, 그때마다 생각나는 건 '그렇게 살아온 목적이 뭘까?'라는 생각이다. 돈은 중요하지만, 부차적인 문제고 결국은 살아가는 목적은 행복해지기 위해서다. 행복해지기 위한 일환으로 회사를 그만뒀다. 앤절라 더크워스 역작《그릿》에는 "일반적으로 개개인은 자기 한계에 훨씬 못 미치는 삶을 산다. 인간은 다양한 능력을 지니고 있으면서 이를 활용하지 못한다. 최대치 이하의 열의를 보이고 최고치 이하로 행동한다."라고 했다. 내가 생각하는 행복은 내가 원하는 것을 얻는 것이 아니라 내가 내 자신의 능력을 발견하고 그것에 대해서 일정 도전을 해 보는 것이다. 어떤 작가의 말처럼 아무렇게나 대접받지 않고 사람들한테 연탄재처럼 치이면서 눈치를 보고 살고 싶지는 않아서다. 거기에 대해 답을 찾는 것이 사업을 하는 것이었다. 적어도 남에게 치어 사는 인생은 아닐 것이라는 판단에서였다.

도대체 행복이란 무엇인가?

　한자로 행복은 운과 복이다. 본인의 운이라는 것은 본인이 어떻게 할 수 없는 외부에서 오는 것이다. 운이라는 게 내가 할 수 없다지만 복은 내가 어떻게 하느냐에 따라서 남이 나에게 주는 것이다. 그런 복을 찾고자 그때그때 복을 찾기 위해 노력했고 직장 생활 재미있게 하려고 노력했고 현재하는 이 사업도 만족하면서 살아가고 있다. 그때마다 해 보고 싶은 어떤 작은 목표가 있었고 그 목표를 이루면 만족했고 행복했다. 이현, 황하연의《스노우볼 게임》이라는 책에서 말하길 "세상에는 워낙 많은 변수들이 존재하기 때문에 시나리오대로 완벽하게 맞아떨어질 수는 없다. 하지만 갈등하고 있는 순간 작은 목표는 어떤 선택과 행동, 어떤 실천을 해야 하는지에 대해서는 확실하게 알려 준다는 사실이다."라고 했다.

내 작은 목표는 '소확행'이었다. 소소하지만 확실한 행복이었다. 그 행복은 업무적인 것일 수도 있고 고객과 만남 속에 이루어진 계약일 때도 있었다. 글을 쓰면 인생이 조금 풍성하게 변할지 모른다는 막연한 생각에 새벽마다 글을 쓰는 일도 있었다. 그리고 그 결과가 책으로 나오기도 했다. 그럼 인생은 변했을까? 지금까지 성공보다는 실패가 더 많았지만 그래도 어느 정도 목표한 것들을 만들어 냈긴 했다. 물론 목표를 이뤘다고 당시의 상황이 확 변한 것은 아니다. 주변은 똑같은 상황이지만 내 자신이 변했다. 사소한 것이라도 하나씩 이뤄 냈다는 행복감이 그것이다. 남들에게는 '목표를 가지고 살아라'는 말을 자주 하지만 정작 그 말을 하는 당사자가 대강대강 살아간다면 그 말은 헛말이다. 적어도 그 말을 지키기 위한 노력은 해야 한다. 그럼으로써 그 말이 살아서 움직이는 것이다. 입으로 뱉은 말을 지키려고 노력하는 것이 행복이다. 목표란 참 묘해서 높게 설정하든 낮게 설정하든 나중에 보면 그 근처까지 가는 속성이 있는 것이다.

예를 들면 아들에게 "아빠는 이거 한번 도전해 볼 거야."라고 하면 그것을 지키기 위한 노력이 필요하다, 책을 1년에 100권을 보겠다고 말했다면 적어도 집에 와서는 핸드폰을 꺼두고 한 시간 이상은 책을 봐야 한다. 핸드폰 안 볼 자신이 없으면 집에 오기 전에 도서관에 가서 두어 시간 책을 보면서 100권이라는 목표를 채워야 한다. 입으로 말하고 몸을 움직여 그것을 지키려고 노력하는 것이다. 내가 입에 달고 사는 말이 하나 있다.

'본인이 흘린 땀은 헛된 것이 하나도 없다.'라는 말이다.

흘린 땀은 그때의 내 의지를 말하는 것이고 땀의 보답은 행복인 것이다. 최인철이 쓴 《굿 라이프》라는 책에는 "'나는 행복한가?'는 '나는 무언가에 관심이 있는가?'라는 질문과 같다."고 했다. 지금 나는 무엇에 관심이 있는가? 그 관심을 좇아가는 것이 행복을 좇아가는 것이다. 또 "우리는 인생이라는 매장에서 경험을 쇼핑하는 사람들이다. 시간과 돈은 지불하고 다양한 경험을 카트에 집어넣는다. 행복한 사람은 좋은 사람과 보낸 시간을 담지만 행복하지 않은 사람은 금전적인 이득을 담는다."라고 했다. 곰곰이 생각해 보면 사업을 한다는 것은 어느 정도 여유로운 돈으로 좋은 사람과 어울리는 행복을 찾고자 하는 것이 아닐까 한다.

이 일을 내가 60살까지 할 수 있을까?

사무엘 울만은 〈청춘〉이라는 시의 첫 문장에서 '청춘이란 인생의 어떤 한 시기가 아니라 마음가짐이다'라고 썼다. 마음에 드는 명문장이다. 그렇지만 마음가짐과는 다르게 체력적으로 사람은 언제나 청춘일 수는 없다. 지금처럼 일하는 것도 아무리 보수적으로 생각해 봐도 50대 후반 정도일지 모른다. 일함에 있어 항상 고민되는 게 있다. '이 일이 60살이 넘어도 할 수 있을까?'라는 고민이다. 지금이야 할 수 있지만, 흰머리가 검은 머리보다 많아질 때도 가능할까? 그때가 되면 고객들이 나를 어떻게 볼까? 그때도 내가 직접 실무에서 일을 할 수 있을까? 라는 문제다. 젊은 나이가 아닌 마흔이 넘어서 늦게 사업을 시작한다는 것은 이런 생각을 필연적으로 하게 만든다. 특히 책상에 앉아서 일하는 것보다는 직접 영업도 하고 실험도 하고 보고서도 최종 정리해야 하는 입장에서는 나이가 든다는 게 반갑지만은 않다. 평생 현업에서 일하려면 인생 곡선은 3차나 4차 함수 같은 다차 함수로 살아야 한다. 완만한 포물선이 2차 함수라면 올라가면서 한 번 더 변하는 수학적인 용어로 변곡점이 있어야 한다. 그 변곡점이 한 번이냐 두 번이냐는 본인의 의지겠지만 2차 함수처럼 밋밋한 곡선은 아니어야 한다는 것이다.

천천히 세 번째 인생을 준비해야 한다. 삶은 여러 모양으로 여러 방식으로 바뀔 수 있다. 내 첫 번째 인생이 직장 생활이었다면 두 번째는 사업을 하는 지금이다. 이 일을 그만둬야 하는 시기가 오면 또 다른 일을 찾아야 한다. 지금까지 해 왔던 분야를 놓지 않으면서 파생되는 그런 영역을 찾아야 한다. 나이가 들어 체력적인 여건이 떨어질 때 그것을 상쇄시킬 수 있는 나만의 경험을 살린 그런 영역이면 더할 나위 없겠다.

지금 하고 있는 일에서 많은 수입이 발생해야 한다

어떤 일을 할 때는 적어도 5년은 해 봐야 한다. 하우석이 쓴 《내 인생 5년 후》라는 책에도 이런 말이 있다. "5년이란 시간은 비록 시행착오를 한두 번 겪더라도 꾸준한 발전을 통해 소기의 목적을 달성할 수 있는 가장 적당한 시기다. 5년간 밤낮없이 한 우물을 독하게 파다 보면 인생은 분명히 터닝 포인트를 열어 줄 것이다."

5년을 한 우물만 파기 위해서는 지금 이 일에서 많은 수입이 발생하게 만들어야 한다. 한 우물을 판다는 것은 어렵지 않지만, 재정적인 지원 없이 이 우물을 판다는 것은 40대를 훨씬 넘겨 버린 나이 때는 불가능하다. 무엇보다도 가정을 건사할 수 있는 그 정도의 재정이 해결되어야만 한다. 나는 어떤 일을 할 때 견적을 높게 내는 편이다. 이유는 '싼 게 비지떡'이라는 말을 듣기 싫어서다. 이 속담은 값이 싸다는 것은 다 그만한 이유나 문제가 있기 때문이라는 뜻으로 사용된다. '싼 게 비지떡'이라는 말의 원래 뜻은 떡이 싸고 좋다고 사서 먹으니 찹쌀로 만든 게 아니라 콩비지에 쌀가루 섞은 색깔과 모양만 비슷하게 만든 떡이라는 말이라고 한다. 직장에 다닐 때 회사에 파견 온 조선족 직원한테 "원래 중국술은 똥술이냐?"라고 물으니 그 친구가 한마디 한 기억이 난다. 그 친구가 하는 말이 "비싼 거 사 먹어, 싼 거 사 먹으니 똥술인거야."라고 했다. 결국은 싼 게 비지떡이었다. 세상에는 공짜라는 것이 없듯이 제값 주고 사야 값어치를 하는 것이다. 물론 상품의 질도 돈에 비례하는 것처럼 일도 더 잘 해야 한다는 부담감도 생기는 것이고 나중에 일이 잘못되더라도 AS가 가능하다. 만약에 내가 맡은 일이 상대방의 마음에 안 들거나 결과가 예상과 다르게 나오면 돈을 안 받는다는 생각으로 일을 시작한다. 소음 진동이 감성적인 문제인 것 같지만 그것은 다분히 수학적이다. 우선 실험을 하고 그 실험한 결과값을 컴퓨터로 시뮬레이션해서 대책을 제시한다. 제안대로 물건이 만들어지면 다시 측정해서 처음과 나중이 얼마나 조용해졌는지 진동이 줄었는지를 확인한다. 수학적으로 시뮬레이션 된 이상 초기에 가정 자체가 틀리지 않았다면 당연히 결과는 예상대로 나온다. 그런 프로젝트는 다른 회사에 비해서 의도적으로 많은 돈을 받는다. 다른 회사가 쉽사리 못 하는 일이기 때문이다.

거래하는 회사 입장에서 보면 싸게 계약을 했지만, 결과가 안 좋은 것보다는 비싸더라도 궁금증을 한 번에 해결해 주는 회사를 더 선호한다. 시간은 돈이기 때문이다.

이 일에서 많은 수입이 발생하는 방법은 단순히 몇 퍼센트의 마진을 붙여서 물건을 파는 것보다 큰 프로젝트에 시간과 노력을 집중해서 많은 수입이 발생하는 편이 낫다. 그래야만 5년 동안 한 우물을 팔 수 있는 재정적인 문제도 빨리 해결할 수 있다.

지금 하고 있는 일과 연결된 다른 영역을 찾는다

우리나라 남자들은 은퇴하면 전문 산악인으로 변한다는 우스갯소리를 들은 적이 있다. 은퇴하거나 나이 들어 실직하게 되면 산을 자주 다니니 그런 말이 나온 것 같다. 나도 만약 내가 내 전공만을 고집하고 새로운 것에 도전하지 않는다면 60살이 지난 이후에는 전문

산악인으로 되어 버릴지도 모른다. 산에 오르내리는 것을 별로 좋아하지 않는 나는 산악인이 될 가능성도 없는 편이다. 산악인도 될 수 없는데 지금 하고 있는 일과 연결된 다른 일을 찾아야 했다. 내가 계속 지금 하고 있는 일만을 고집하고 새로운 것에 도전하지 않으면 나중에 산악인으로 변할지도 모른다는 생각이 들었다. 마르크스가 쓴 《독일이데올로기》라는 책에는 이런 구절이 나온다. "지금까지 모든 사회 형태에 있어서 인간은 사냥꾼이거나 어부이거나 양치기 또는 비판을 직업으로 하는 비판가였다. 또 인간은 생계수단을 잃지 않기 위해서도 그중의 하나, 곧 사냥꾼이면 사냥꾼, 비판가이면 전문적인 비판가이어야 했다. 하지만 새로운 사회에서는 그 누구도 특수한 배타적 활동 영역을 갖지 않으며 모두가 각자 가기가 원하기만 한다면 어느 분야에서도 소양을 쌓을 수 있다. 보편적인 생산은 사회가 통제한다. 또 그렇기 때문에 나는 오늘은 이 일을 또 내일은 저 일을 할 수 있으며 아침에는 사냥하고 오후에는 고기를 잡고 저녁에는 양 떼를 몰고 저녁 식사 후에는 비판하는 시간을 가질 수 있다. 다시 말하면 결코 직업적인 사냥꾼, 어부, 양치기 또는 비판가가 되지 않고서도 내가 원하기만 한다면 그 모두를 행할 수 있을 것이다." 이 문장이 적어도 나에게 주는 메시지는 분명했다. 직업적인 전문가가 안 되더라도 적어도 이 시대는 내가 원하면 그 모두에 도전할 수 있는 시대다. 다행히 나는 남들보다 아침에 빨리 일어나는 편이다. 남들보다 큰 장점이다. 대학 다닐 때 신문 배달을 해서 그런지 아직도 5시 정도면 일어난다. 일어나면 신문이나 책을 본다. 직장 다닐 때도 그랬고 지금도 그렇다. 하루는 이런 생각이 들었다. '책을 한번 써 볼까?' 책을 쓸 때 가장 중요한 것은 정해진 시간에 정해진 분량만큼 무조건

써 보는 것이 기본이라고 하는데 나에게는 새벽이라는 정해진 시간이 있으니 그 시간에 무조건 써 보는 습관만 가지면 될 성싶었다. 직접 해 보니 하루에 A4용지 두 페이지를 쓴다고 하면 한 시간 반은 걸린다. 이것을 책으로 만들려면 적어도 3달 정도가 걸린다. 물론 이것은 주제가 이미 정해지고 내 머릿속에서 어느 정도 정리가 되었을 때 이야기이고 그것이 안 돼 있다면 시간은 훨씬 더 걸릴 것이다. 내가 잘 알고 있는 주제와 분야만 한정할 수 있다면 단시간에 쓸 수 있을 것 같았다. 내가 지금까지 해 왔던 분야로 한정하면 된다. 분야는 정해졌고 그다음은 어떻게 하면 될까? 글쓰기라는 것은 따로 배운 적이 없는 사람이 우선적으로 할 일은 간단하다. 우선 막 써 보는 것이다. 책이라는 것을 잘 생각해 보면 A4용지를 가로로 두고 절반을 접어서 제본한 것과 다름없다. 그렇게 하면 실제 인쇄했을 때 페이지 수를 예상할 수도 있다. 우선 한글 프로그램을 열어 화면을 가로로 정렬하고 다단을 두 페이지로 나누고 글자 크기를 10으로 해서 줄 바꿈 없이 한 페이지당 26줄 정도를 써 보기로 했다. 한번 도전해 보기로 하고 노트북을 열었다. 목차를 어떻게 정해야 할지부터가 막막하다. 그렇지만 우선 생각나는 대로 쓰고 나중에 정리하기로 했다.

현재 직업 뒤에 '그리고'라는 단어를 넣어 보자

혼자서 모든 것을 해야 하는 시대는 아니다. 시대는 이제 내가 잘하는 일은 내가 하고 나머지는 더 잘하는 사람이 하는 것이다. 협력을 기본이 되는 협업의 시대. 기업도 모든 것을 혼자 만들지 않는다. 자동차 회사도 자동차 전부를 혼자 만드는 것이 아니다. 모든 부품을 혼자 만들 수도 없고 설사 만든다 해도 엄청난 고정비가 들어가기 때문이다. 협력 업체에서 부품을 만들고 그것들을 조립하고 관리를 한다. 가격이 더 싼 곳을 찾아서 그곳을 협력 업체로 삼는다. 그러다 보니 자연스럽게 자동차 부품도 한국뿐만 아니라 전 세계가 협력하는 것이다. 노벨상 추세를 봐도 혼자서 연구해서 받는 경우는 드물다. 이제는 공동연구, 공동수상이다. 두 분야가 협력해서 시너지를 발휘하고 의미 있는 결과를 내놓는다. 지금까지 현재의 직업에서 스페셜리스트였다면 이제는 거기에서 가지를 쳐서 조금씩 다른 분야로 눈을 돌리는 제너럴리스트가 돼야 한다. 정균승의《내 인생을 최고로 만드는 시간 관리 자기관리》라는 책에서 말한 것처럼 "제너럴리스트는 자신의 능력이 무한하다는 것을 알고 평생 동안 찾아내려고 노력하는 것이다. 다양한 독서와 체험으로 본인의 영역을 넓혀야 한다."

지금 하는 일 뒤에 '그리고'를 넣어 본다

제프 헤이든의《스몰 빅》이라는 책을 읽어 보면 재미있는 내용이 있다(이 책의 중심 내용은 작은 성공들이 모여서 큰 성공을 이룬다는 내용이다). 작은 성공들이 또 다른 동기를 부여한다. 성공과 행복은 같은 것이다. 그렇기 때문에 그냥 열심히 하라고 한다. 우선 당장 작은 성공을 거둘 수 있는 일을 하라는 것이다. 그 책 속에 지엽적이지만 다음과 같은 내용이 있다. 자신의 직업을 소개할 때 '그리고'라는 연결어를 쓰라는 것이다. 그리고 '이런 사람' 그리고 '이런 사람' 예를 들자면 '소음 진동 엔지니어 그리고 ○○ 그리고 ○○ 그리고….' 이런 식으로 소개하라는 말이다.

"물론 그렇게 소개하면 남들이 '변변치 않은 수익이라 이것저것 기웃거리는구나.'라고 생각할지도 모른다. 그렇지만 본인을 소개할 때 의도적으로 '그리고'라고 소개하려는 생각을 하는 사람은 한 분야가 아닌 다른 분야를 생각하고 조합하려고 한다. 이런 사람은 지금은 한 가지 직업으로 살아가기에는 위험부담이 있어 그 직업이 없어지거나 사회적인 변화로 수입이 줄었을 때를 대비할 수 있다는 말이기도 하다. 또 개인적인 일과 관련된 '그리고'는 삶의 재미를 더해 준다. '그리고' 뒤에는 정말 내가 하고 싶은 일을 선택해야 한다. 완전히 새로운 분야일 필요는 없다. 기존의 기술에서 추가로 기술을 더해 줄 만한 분야를 전략적으로 선택해도 된다."라고 말하고 있다. 굳이 책 이야기를 안 하더라도 주위에는 본업 이외에 부업을 하는 사람들이 많다. 이제는 본업이나 부업에 상관없이 사회에서 자신이 필요하다고 생각되는 분야 두어 개를 만들지 않으면 살아남기 힘든 시대가 된 것이다. 나심 니콜라스 탈레브가 쓴 《안티프래질》에서도 동일한 주장을 한다. 소위 '바벨 전략'이라고 한다. 극단적으로 리스크가 다른 두 가지 직업 중 어떤 직업을 택할 것인가에 대해 저자는 양쪽 모두를 취하라고 했다. 리스크가 다른 두 가지 직업 모두를 가지라고 한다. 어느 정도 안정된 직업을 가지고 있으면서 어디선가 대박을 터트릴 가능성이 있는 이익이 발생할 가능성이 있는 업사이드 리스크를 인생에 설정해 두자는 것이다. 그러면서 특허청 공무원이라는 안정된 직업 속에서 논문을 써서 노벨상을 탄 아인슈타인의 예를 들었다.

'그리고' 뒤에 단어가 현재 관심 우선순위다

나 같은 경우는 소음 진동 엔지니어라는 사업이 소강상태에 들어갈 때, 또 이 분야의 경쟁이 심해져서 일한 만큼 돈을 벌지 못할 때 또 내가 나이가 돼서 이 분야에서 실무를 놓아야 할 때를 대비해야 한다. 위에서 말한 것처럼 소음 진동 엔지니어 다음에 '그리고'에는 어떤 직업을 넣을 것인가?

현재 내가 하고 있는 일을 비춰 보면 '소음 진동 엔지니어 그리고 작가 그리고 강사' 정도가 될 것이다. 이렇게 소개를 하고 의도적으로 그 분야에 관심을 둔다면 지금 이 사업이 어려울 때 작가나, 강사로 그 부분을 대체할 수 있을 것 같다. 여기에서 대체한다는 말을 조금 더 살펴보면 거기에서 수익이 발생한다는 뜻이기도 하다. '그리고'라는 연결어로 본인을 소개하려고 한다면 '그리고' 다음에 어떤 단어를 넣을 것인가를 고민하게 되고 결과적으로 내가 지금 나를 소개하는 3개 이상의 부분에 열정을 쏟고 실천을 할 것이다.

여기서 재미있는 것은 본인을 소개하는 우선순위다. '첫 번째 그리고 두 번째 그리고 세 번째' 이런 식으로 나열을 해 보면 어느 것이 본인의 관심 우선순위인지를 알 수 있다. 자연스럽게 내 우선순위는 첫 번째가 소음 진동 엔지니어고 두 번째가 작가, 세 번째가 강사다. 첫 번째야 지금 내 본업이니 제쳐 놓더라도 두 번째, 세 번째 직업을 보면 현재 글 쓰는 것이 말하는 것보다 우선순위에 있다. 사실 남들 앞에서 강의하는 것도 싫지는 않다. 그리고 강의 후 사후 평가도 나쁘지 않다. 그렇지만 그것을 찾아가면서 즐기지는 않는다.

두 번째로 소개하는 직업 작가는 또 다른 의미다. 개인적으로 글 쓰는 것은 즐겁다. 내가 글을 써서 생계를 유지하는 전업 작가가 아니고 내 마음대로 남의 눈치를 안 보고 하는 거라 더 즐거울지 모르겠다. 글을 쓰면서 글이 다음 글을 불러오고, 이 생각에서 갑자기 다른 생각과 연결되는 그런 순간들이 즐겁다. 이것으로 돈을 벌지 않을지는 아직은 모르겠지만 작가를 두 번째 직업에 두는 것은 내가 즐겁고 잘하고 싶다는 방증이다. 어떤 생각을 가지고 아침에 A4용지 한 장을 채운다는 것은 평소 어느 정도 생각이 깨어 있다는 뜻이기도 하고 정신 차리고 살고 있다는 표현이기도 하다.

'그리고'라는 단어 뒤에 어떤 직업을 둘 것인가? 많을수록 좋겠지만 적어도 5번째까지는 내가 일생 동안 도전해 보고 싶은 분야일 것이다. '소음 진동 엔지니어 그리고 작가 그리고 강사 그리고…' 아직 두 개가 부족하긴 하지만 곧 채워질 것이다. 당연히 사업하는 입장에서 고민해야 하는 건 '그리고' 하는 접속사 뒤에 오는 직업이 단순한 취미가 아닌 수익성이 있는 직업이 되어야 한다는 것이다. '그리고'의 본질은 처음 직업으로 살아가기에는 위험부담이 있을 때 대비해야 하는 직업이기 때문이다.

소음 진동 엔지니어 그리고 작가

웬만한 비전 강의에는 '플랜보드'라는 것을 만드는 프로그램이 있다. 플랜보드는 말 그대로 본인의 계획을 하드보드지에 그림이나 도형 같은 것을 이용해 시각화하는 활동이다. 방법은 나의 꿈과 비전을 적고 그 실천 방안을 세부적으로 적는다. 그리고 하루하루 그것을 점검할 수 있는 란을 만들어 일일 점검을 하는 것이다. 수업 중에 아직도 이런 활동이 계속되고 있는 것은 그 플랜보드가 효과가 있다고 검증이 되었기 때문일 것이다. 개인적으로 생각하기에도 본인의 앞날을 지금 본인의 상황에서 한번 써 본다는 것만으로도 의미는 크다. 계획에 대한 3개월 동안 실천 방안을 적고 체크할 수 있는 방법을 나름대로 만든다. 3개월이라는 기간을 설정한 이유는 3개월 정도면 활동들이 습관으로 되는 시기라고 한다. 개인적으로 3개월이라는 기간에는 동의는 하지 않지만 많은 책에서 그렇게 강요하고 있다. 냉정히 말하면 경험상 10년 이상 길들어진 습관도 사람이기 때문에 하루아침에 무너지기 마련이다.

학생들 앞에서 이런 활동을 단지 입으로 떠드는 것이 아니라 내 자신도 한번 만들어 보기로 했다. 나는 30년 인생 계획표를 만든 적이 있고 아직도 그 계획에 따라 살아가고 있다. 그렇지만 이렇게 촘촘하게 년이나 월 단위로 세운 적은 없다. 변명이야 많겠지만 무엇보다도 하루하루를 그렇게 내 자신을 옥죄기 싫어서다. 여하튼 2016년 청소년 강의를 시작하고 그해 가을 1년의 계획을 세웠다. 1년 동안 뭘 해 볼 것이고 결과물은 어떤 것을 내보이겠다는 다짐이었다.

어떤 목표를 가지고 글을 쓴다

플랜보드에 적었던 것 중의 하나가 아침마다 글을 쓴다는 계획이었다. 그냥 쓰는 게 아니라 출간을 목표로 쓴다. 그래야 동기부여가 확실하게 되고 집중할 수 있을 것 같아서다. 분야는 내가 지금까지 살아왔던 엔지니어 분야로 한정했다. 공대를 졸업하고 작은 회사에 취직해서 5년을 산전수전 겪으면서 큰 회사로 옮겨 7년을 생활하고, 뜻이 맞는 사람과 일을 1년 정도 하다가 접고 이제는 혼자 일하는 대표가 되었다. 직장은 일하는 장소라는 면이 강하다면 직업은 내가 지금 하고 있는 일이 무엇이냐에 중요한 의미를 가진다. 이런 의미로 본다면 나는 지금까지 한 가지 직업을 가지고 있던 셈이 된다. 직장은 세 번 옮겼지만, 지금까지 직업은 소음 진동이라는 하나였다. 대학교에서 주기적인 특강, 충남 청소년진흥원에서 파견하는 청소년 리더십 과정 강의를 해 보니 나보다 어린 후배들에게 해 줄 이야기가 많다는 것을 알았다. 시대는 변했지만 30년 전에 고민했던 것들을 후배들도 하고 있었다. 그래서 내가 후배들에게 하고 싶은 이야기를 정식으로 글로 적어 보기로 했다. 마음 한편으로는 이 메모들이 책으로 나왔으면 하는 바람도 있었다. 대학에서 전공을 가르칠 때 수업 진도에 쫓기다 보니 학생들에게 못 해 준 말을 해 주고 싶은 욕심도 들었다. 글의 대상은 이공계생, 내용은 실제 같은 과를 나온 선배로서 '대학 생활은 어떻게 했으면 좋겠고, 직장에 가면 어떻게 생활하면 본인에게 더 나은 생활이 될 것이다'라는 내용으로 잡았다.

사실 글을 쓴다는 것은 어렵지 않다. 글쓰기가 어려운 이유는 어떤 분야의 글을 써야 할지 정하지 않았기 때문이다. 내가 잘하는 분야를 쓸지 관심 있는 분야를 쓸지를 정하고 글을 쓰면 의외로 쉽게 접근할 수 있다. 관심 있는 분야와 본인이 잘하는 분야가 같다면 금상 첨화다. 나는 운 좋게도 그 분야가 있었다. 남들보다 더 쉽게 쓸 수 있는 이유다. 그냥 생각나는 대로 우선 써 내려가면 되니까. 글을 쓰는 데 세부적인 규칙은 4가지를 정했다.

첫째, 시간은 새벽에 1시간 이상. 적어도 30분은 쓴다.

둘째, 글감이 없으면 아침에 일어나서 처음으로 내 눈앞에 보이는 물건에 관해서라도 쓴다.

셋째, 무조건 글자 크기 10으로 최소한 A4용지 1페이지는 쓴다.

넷째, 일주일에 적어도 3일은 쓰고, 쓴 글은 블로그에 올린다.

아침마다 글을 쓴다는 건 재미있는 일이다. 뭘 써야 할지 모르다가도 자판에 손을 대면 뭐든지 쓰게 된다. 쓰레기 같은 글이어도 그냥 무작정 쓴다. 그러면서 자연스럽게 예전 내 생활들이 하나씩 생각난다. 잘했던 것보다는 이렇게 안 했으면 좋았을 후회의 순간들이 더 많이 더 자주 떠오른다. 그러면서 과거와 그때의 생각들을 지금 시점에서 복기한다.

다 지나간 일이라 내가 어떻게 할 수 없지만, 그것들을 반면교사 삼아 나중에는 같은 실수를 하지 않을 것이다. 이것만으로도 글쓰기의 목표는 달성한 것이다. 어찌 보면 '치유의 글쓰기'라고 불러도 되겠다. 그런 실수담이 글을 읽는 후배들에게는 인생에 조금이라도 도움이 되었으면 글 쓰는 수고가 빛을 봤다고 할 수 있을 것이다.

육하원칙에 따라 쓰면 된다

아무리 생각해 봐도 내가 남보다 월등히 잘하는 것이 없다. 그럼에도 불구하고 그나마 자랑할 만한 것은 한번 해 보겠다고 마음먹은 일은 지루해 하지 않고 꾸준히 해서 어찌 되었든 결과를 내보이는 것이다. 글을 쓰기 위해 새벽에 일어나는 일은 어렵지 않다. 대학 때부터 4시 30분에는 일어났고 회사 다닐 때도 그 시간에 일어나서 신문을 보고 수영장에 가서 수영하고 회사에 출근했다. 지금도 새벽 5시에는 일어나서 냉장고에서 찬물 한 잔에 머리와 내장을 깨우고 노트북을 켜고 책상에 앉는다. 글감이 정해지면 그냥 썼다. 무조건 쓰고 나중에 수정하겠다는 목표로 그냥 썼다. 문맥이나 흐름도 나중에 검토해 보겠다는 마음이었다. 당장은 우선 분량을 채운다는 마음으로 시작했다. 글쓰기는 누구에게도 배우지 않았지만(사실 글 쓰는 것을 돈을 주고 배운다는 것, 반대로 글쓰기를 돈을 받고 남에게 가르친다는 것은 아직 이해되지 않는다.) 학교에서 배운 육하원칙에 따라서 그냥 써 보는 것이다. 글이라는 게 묘한 매력이 있다. '평상시에는 생각이 나지 않지만, 조용히 혼자 있을 때는 나의 마음속에 뭔가가 올라오는 느낌.', '누구를 욕하고 싶을 때 그냥 쌍욕이 아니라 왜 그런 욕을 하고 싶은지에 대한 줄거리.', '나에 대한 과거의 부끄러움과 미래에 대한 다짐들.'에 대한 것들로 글이 채워진다. 읽는 것이 남의 이야기라면 쓰는 것은 내 이야기다. 누가 들어 주든지 안 들어 주든지 상관없다. 그냥 쓰고 나면 후련하기도 하고 정리되기도 한다. 하긴 이런 묘미 때문에 '글쓰기는 치료제'라고 하는 사람도 있다. 회사에 다니면서 생각나는 여러 신변잡기의 일부터 사업을 하면서 남에게 말 못 하는 그런 어려움까지 새벽마다 추억에 빠져들곤 한다. 그 추억은 나의 기억 속에서 다시 재편되고 이제 변화된 행동으로 나타난다.

블로그에 올리면서 스스로에게 동기부여를 한다

내가 쓴 글이 남에게 읽히고 '좋아요'가 늘어나면 더욱 동기부여가 되지 않을까 해서 시작한 것이 블로그였다. 사실 내 글을 찾는 사람들은 얼마나 되는지 잘 모른다. 그림 없이 글만 올리기 때문에 웬만큼 활자를 좋아하는 사람이 아니면 읽어 보지 않을 것이다. 평균적으로 방문하는 사람 중에서도 진짜로 내 글을 끝까지 읽어 주는 사람은 극소수일지 모른다. 나는 단지 오늘 쓴 글을 올리고 다음 날도 올릴 뿐이다. 남이 몰라주더라도 적어도 나에게는 역사이기도 하고 블로그는 만약에 컴퓨터에 문제가 생겼을 때 쓴 글을 그대로 가져오면 되기 때문에 또 다른 저장장치 역할도 하는 것이다. 지금 생각나는 내 생각이 허공에서 떠돌다가 날아가지 않기 위해서 바로바로 메모하고 글로 풀어 보는 것이다. 그러면서 글이 모으는 것이고 다시 한 번 보면서 수정하면 아주 조금씩 글은 발전하는 것이다. 요리시노의 《성공하는 인생은 고독을 두려워하지 않는다》에서는 "물에는 고체, 액체, 기체의 삼태가 있듯이 사람도 타인과 함께 있는 자신, 혼자 있지만 밖으로 의식을 향하고 있는 자신, 혼자 있으면서 안으로 의식을 행하고 있는 자신 이렇게 삼태가 있다"라고 했다. 글을 쓰는 것은 아무래도 삼태 중에 마지막인 혼자 있으면서 안으로 의식을 행하고 있는 자신일 것이다.

책을 출간하다

딸이 학교에서 '자기 친구가 우리 집에 살게 된다면 먼저 살아 본 친구로서 가족들을 표현해 보라.'는 활동지를 받고 적은 내용이라고 나에게 보여 준다. 딸이 관찰한 평상시 나의 모습이다.

'공부는 중요하지 않다. 아빠가 제일 싫어하는 것은 거짓말하는 것, 약속 안 지키는 것, 정리정돈 안 하는 것. 아빠의 평상시 모습은 새벽마다 일어나 녹차 마시면서 글쓰기, 핸드폰 안 보고 책 읽기.' 아침에 일찍 일어나 글을 쓰는 모습이 딸의 눈에 들어왔나 보다.

매일 글을 1시간씩 썼던 결과물이 나오다

그럴싸한 문장이나 내용보다는 후배들에게 하고 싶은 말을 위주로 쓰기 시작했다. 거의 1년 반을 쓰고 모아 보니 분량은 어느 정도 됐다. 목차에 맞게 글들을 재배열했다. 글을 쓸 때는 목차가 제일 중요한데 나 같은 경우는 아예 이공계 대학생을 위한 글을 쓰기로 마음먹고 쓰면서 틈틈이 목차를 정해 놨다. 이렇게 목차를 정해둔 것이 글을 쓰는데 훨씬 수월하다. 목차를 정해 두면 글은 50%는 쓴 거나 다름없다고 했는데 실제로 그랬다. 원고를 프린터를 해서 시간 나는 대로 수정했다. 본업이 있는지라 진도는 잘 안 나갔지만, 일주일에 하루나 이틀 종일 읽고 수정했다. 글을 다 쓰고 나니 마음에 안 들고 내용이 오글거리는 부분도 있지만, 누구 말대로 "이번에 글 쓰고 평생 안 쓸 것 아니니 마음에 안 들어도 여기서 마무리하고 두 번째 책을 잘 쓰면 돼."라는 말에 위안을 받았다. 예닐곱 군데 출판사에 메일을 띄워 '나 원고 있으니 읽어 봐 주세요.' 하는 읍소를 했지만 돌아오는 대답은 딱 두 가지였다. 하나는 메일에 답을 아예 안 해 주는 것, 두 번째는 '우리 출판사가 원하는 취지와 글이 맞지 않습니다.'였다.

그러다가 한 군데서 연락이 왔다. 그리고 내가 생각한 것과 비교해서 엄청나게 긴 시간이 지난 후 최종적으로 표지와 편집한 내용을 확인해 달라는 메일이 왔다. 덕분에 내가 쓰고 잊어버렸던 것에 대해서 다시 한번 읽어 보게 되고 내 글솜씨가 그다지 좋지 않다는 것에 또 다른 도전을 받았다. 그리고 2019년 5월에 책이 나왔다. 제목은 《이공계 파워 업》이다. 드디어 명함에 두 번째 그리고 뒤에 쓴 작업을 검증받았다. 소음 진동 엔지니어 그리고 작가. 글을 쓰는 사람이나 사진을 찍는 사람을 작가라고 한다. 작가라는 사람이 이런 사람이라면 작가는 누구나 할 수 있다. 글자를 아는 사람은 누구나 글을 쓸 수가 있고, 스마트폰이 있는 한 누구나 사진을 찍을 수 있다. 그렇지만 이들을 다 작가라고 하지는 않는다. 개인적으로 작가의 정의를 내린다면 '본인만의 시선으로 사물을 바라볼 수 있는 사람'이다. 같은 사실을 봐도 어떻게 독특한 시선으로 바라보느냐? 본인만의 내공으로 다르게 보느냐가 관건이다. 남들처럼 사실을 사실대로 글로 쓰고 보이는 대로 사진을 찍는 것은 누구나 다 할 수 있다. 그렇지만 같은 사물을 독특한 시선으로 바라보는 사람은 드물다. 그러니 작가라는 사람이 주위에 많지 않은 이유다.

우선 출간된 책을 거래하는 고객들과 대학교 담당자들, 청소년 강의를 나갈 때 강의가 끝나면 선물로 준다. 친구들은 책이 나오면 가져다 버리더라도 개인당 5권씩은 사겠다고 했는데 아직 사실 확인은 아직 안 해 봤다. 원고를 다 썼다고 저절로 책이 나오는 것은 아니다.

이것도 천천히 자연스럽게 또 어느 정도는 우연히 이루어지는 것이다. 그 우연은 준비해야 함은 물론이다. 그리고 나는 아직도 새벽에 글을 쓴다. 그냥 재미와 동시에 두 번째, 세 번째 책이 출판되기를 기대하는 마음으로 A4용지를 한 장 채운다. 책을 한 권 내고 나니 글을 어떻게 쓰냐는 질문을 자주 받는다. 별거 없다 그냥 쓰면 된다. 제일 중요한 것은 똑같은 사건을 다른 시각으로 보는 독창성이다.

문제는 남들과 다른 나만의 시선이다

1950년대에 만들어진 일본 흑백영화가 있다. 〈라쇼몽〉이라는 영화다. 영화의 줄거리는 이렇다. 일본의 교토 지방의 폐허가 된 라쇼몽에서, 비를 피해서 폐가로 모인 세 남자가 이야기한다. 세 남자 중 한 사람은 나무꾼으로서 산속으로 나무를 하러 갔다가 한 사무라이의 시체를 발견한 뒤 관청에 신고를 한 사람이다. 다른 한 사람은 스님으로서 역시 같은 날에 사무라이가 죽기 전 사무라이와 사무라이의 아내가 지나가는 것을 목격한 사람이다. 마지막 한 사람은 두 명의 목격자로부터 이 사건에 대한 이야기를 전해 들은 사람이다. 이들은 관청에서 차례대로 진술한다. 사무라이를 살해한 용의자로 지목된 어느 한 산적의 진술을 듣고, 사건 현장에 함께 있었던 사무라이의 아내도 진술한다. 하지만 이들의 진술 내용이 모두 제각각이다. 결국에는 무당을 통해 죽은 사무라이의 영혼을 불러와 사무라이의 말을 듣는다. 신기하게도 죽은 사무라이도 본인이 죽은 이유를 다르게 말한다. 이 영화가 우리에게 시사해 주는 것은 똑같은 사실을 본 사람이라도 개인마다 주관적인 관점에서 사실을 바라보고 기억을 한다는 것이다.

조금 관조적으로 다른 시각에서 사실을 바라보면 본인이 믿고 있는 것이 전부가 아니라는 것을 알게 된다. 나만의 삐딱한 시각이 독창적인 생각이 되기도 하고 다른 사람은 어떻게 생각할까 하는 배려의 시선이 보편성을 만들기도 한다. 동일한 사항이어도 다른 시각에서 보면 충분히 독창적일 수 있다. 이근미의 《프리랜서처럼 일하라》에서 "독창성은 일을 얼마나 사랑하느냐에서 나온다. 하늘에서 갑자기 떨어지는 것이 아니라 그 일에 관심과 애정을 기울일 때 나온다."라고 했다.

요즘에는 신문을 많이 안 본다고 하지만 우리 집은 10년째 신문을 구독 중이다. 일과 중에 포털 사이트에서 신문을 보는 경우도 많지만 역시 종이신문이 아닌지라 머릿속에 남지 않는다. 새벽에 한 시간 정도 신문을 읽으면서 중요한 기사를 색연필이나 형광펜으로 표시를 한다. 현재 중요하다고 생각되는 부분은 이 사례가 강의나 책을 쓸 때 쓸 수 있는 주제냐는 것이다. 신문에서는 사회나 경제면 그리고 '오피러스'라고 하는 전문가 의견란이다. 특히 '오피러스'는 그 분야의 전문가가 나와 다른 시각에서 의견을 써 놓은 공간이라 좀 유심히 보는 편이다. 똑같은 사건을 가지고 다른 시각으로 보는 것이 독창성이기 때문이다. 전문가의 생각을 읽으면서 내가 제대로 사건을 이해하고 있는지 내 시선이 왜곡되지는 않았는지를 확인한다.

그리고 이 기사를 스크랩한다. 가위로 자르면 집에 다른 사람이 신문을 못 보기 때문에 그 기사만 카메라로 찍어서 사무실에 가면 그 부분만 프린터를 한다. 그리고 출처를 써 놓은 뒤 그것을 그대로 한글 파일에 붙여 넣기를 하든지 중요한 단락만 추려서 나의 관점을 넣어 다시 구성한다. 그러면 하나의 나만의 사례가 만들어진다. 마지막으로 프린트를 해서 바인더에 철해 둔다. 그런 불편한 행동이 모여서 남과 다른 나만의 독창적인 아이디어가 나오는 것이다. 이런 것들이 쌓이면 어떤 사물이나 사실을 그냥 보는 것이 아니라 한 번 더 비틀어서 다른 것과 연결 지어 생각하는 것이 가능해진다.

소음 진동 엔지니어 그리고 작가 그리고 강사

항상 드는 생각은 세상은 절대로 내가 바라는 대로 흘러가지 않는다는 사실이다. '언제까지 이거 하고, 언제까지 이거 해야겠다.'라는 계획은 계획일 뿐 생각대로 되지 않는 것이 다반사다. 그 이유는 내 탓도 있겠지만 그것보다는 아직 하늘이 나에게 그런 기회를 열어 주지 않고 더 기다리고 노력하라는 메시지라고 생각한다. 그렇지만 가장 중요한 것은 내가 그 목표를 마음속에 간직하고 있으면서 지속해서 시도해 본다는 것이다. 목표를 마음속에 계속 간직하고 있으면 우연히 새로운 계획이 생긴다는 것이다. 내가 계획했던 것을 이루어 가는 과정 중에서 거기에서 가지를 친 또 다른 열매들이 열릴 가능성도 다분하다는 것이다. 공병호의 책 《1인 기업가로 홀로서기》에는 "당신이 하루하루 대부분의 시간을 보내는 곳에서 당신의 상품을 만들어 내는 것이 좋다, 전심전력으로 상품을 만들어 내는 사람도 있는데 아마추어가 잠시 들러 주물럭거린다고 좋은 상품을 만들어 내는 것은 불가능한 일이다. 내가 공부하고 있는 분야, 내가 대부분의 시간을 투자하는 바로 그곳이 출발선이다. 주력상품을 중심으로 다른 방향으로 갈래 치기를 계속해 가야 한다. 사람들이 나를 떠올리면 탄성이 나오는 그런 자신을 만들어야 한다."라고 했다. 내가 글을 쓰더라도 이공계, 엔지니어에 관한 글을 쓰고 강의도 지금 하고 있는 업무와 연결 지어야 하는 이유다. "다양한 진로를 결정할 때 가장 강력한 무기는 컨버전스 전략이다. 자신의 전공과 다른 분야를 결합함으로써 자신만의 블루오션을 만들어 내는 것이다."라고 김송호의 《대한민국 이공계 공돌이를 버려라》라는 책에서도 말하고 있다. 그러면 우연찮은 기회의 가지에서 열매가 맺히는 경우도 있다.

충남 청소년 진흥원 강사가 되다

2016년 가을, 충남 청소년진흥원에서 청소년 비전 강의 강사를 모집한다는 요강을 보고 재미있을 것 같아서 덥석 신청했다. 비전 강의를 해 보고 싶다는 이유에서가 아니라 단순히 재미로 한번 해 보고 싶었다. 한편으로는 강의 스킬을 통해서 내가 사업하면서 프레젠테이션을 더욱더 매끄럽게 할 수 있지 않을까? 하는 그런 정치적인 의도도 있었다. 공학하는 사람들이 발표하는 것을 보면 천편일률적이다. 우선 제목을 말하고 목차를 말한다. 이 시험을 하는 배경을 말하고 이론식을 쭉 나열한 뒤에, 시험 데이터 분석 그래프를 설명하고 그래서 결론은 이렇습니다는 식이다. 다른 방법으로는 설명이 불가능한가? 라는 호기심에서 강사 모집에 신청했던 것이다. 또 하나의 계기는 실제 대학교에서 특강을 한 적이 있다. 나도 나름 회사 생활 오래 하고 남들 앞에서 발표해 본 경험이 많아서 대수롭지 않게 준비도 철저히 하지 않고 앞에 섰다. 강연을 마치고 후배인 학과 조교가 강의평가서를 받았다. 평가가 궁금해서 물어봤더니 학생들이 느끼는 강의 평가는 최악이었다. "목소리가 안 들린다. 말을 얼버무린다. 흐름이 이상하다……." 창피해서 말을 못 할 정도였다. "형님. 처음은 원래 그래요. 다음번에는 더 잘하실 겁니다." 하고 나를 위로하지만, 자존심이 무척 상했다. 사실 남의 앞에 선다는 것은 특별한 일이다. 생각만큼 쉽지 않고 회사에서 발표와 일반인들 앞에서의 발표는 또 다른 영역이다. 일반적인 사람은 남들 앞에서는 일이 그다지 많지 않다. 그러다 보니 그런 자리를 부담스러워 한다. 그건 회사 대표라고 다르지 않다. 말은 그냥 하는 것이 아니라 논리적이어야 하고 두서가 있어야 하는데 그런 것들이 쉽지 않다는 것이다.

그때 눈에 들어온 게 이 강사과정이었다. 나는 공공기관 사업에 대한 믿음이 부족하다. 처음에는 크게 시작했다가 점점 사업이 축소되는 것을 자주 봐 왔다. 모든 문제는 어떤 기관장이 추진했고 그 기관장이 물러나고 다른 기관장이 오게 되면 이전 사업은 아무래도 연속성이 떨어질 수밖에 없다. 해가 지날수록 사업비는 축소가 될 것이다. 결국은 사업이라는 개념과 사업비라는 한계에서 일하기 때문이다. 그런 의미에서 본다면 이 과정을 최종적으로 마친다 해도 나에게는 달라질 것이 없을 것이다. 우선은 청소년 진흥원의 파견 강사지만 앞에서 말한 대로 사업이 축소되면서 강의 기회는 점점 줄어들 것이고 나는 여전히 지금 하고 있는 일을 할 것이다. 어쨌든 그 강사 양성 과정을 최종 합격했다. 한 달에 며칠간의 집체 교육, 시연이라는 리허설, 최종적으로 전문 강사 앞에서 시연하는 과정까지 거의 6개월 동안 힘은 들었지만, 합격을 했다. 최종 합격 문자를 받고 기쁘다는 것보다는 '끝났구나.' 하는 마음이 우선이었다. 물론 그 기간 내 자신이 많은 노력을 했다. 이때 읽고 있던 책이 구본형의 《마흔세 살에 다시 시작하다》라는 책이다. 책의 뒤표지에는 "마흔 살에 가진 것을 다 걸어서 전환에 성공해야 한다. 나는 나의 모든 것을, 나 자신을 건다."라는 문구가 나온다. 그랬다. 내 나이가 딱 그 나이 때였다. 이 과정을 통해 어쩌면 인생 전환을 할 수 있을지도 모른다는 생각과 함께 그럴 바에는 차라리 6개월간은 이쪽에 시간을 걸어 본다는 생각이 있었다. 그리고 여기서 배운 것을 어떤 방식으로 내 분야에 접목을 할수 있을까라는 생각으로 준비를 했다. 과정이 끝나고 다시 한

번 똑같은 강당에서 특강을 해 보고 싶었다. 몇 개월 후 후배의 주선으로 1시간짜리 강의를 했다. 처음과 달리 준비부터 철저히 했다. A4용지 5페이지에 강연스크립트를 만들고 수정하기를 일주일을 했고 그것을 외웠다. 중간 중간에 내 설명을 보완해 줄 동영상까지 넣고 만반의 준비를 했다. 물론 이런 것들은 6개월간의 강사 과정 안에서 배운 것들이었다. 강의를 마치고 평가는 '만족'이었다. 드디어 명함에 세 번째 '그리고' 뒤에 쓸 직업을 검증받았다. 소음 진동 엔지니어 그리고 작가. 그리고 강사.

대학 강사가 되다

청소년 진흥원 강사는 내 인생 가지에서 또 다른 열매다. 이것을 더 큰 열매로 만드는 것은 결국은 내가 더 열심히 해야 하겠지만 이 강사라는 것도 처음에 생각해 보지 않았던 또 다른 분야인 것이다. 언제까지 지금 직업인 소음 진동 엔지니어로 살아갈 수는 없다. 나이가 들면 분명히 몸으로 하는 스킬이 떨어질 것이고 머리가 희끗희끗한 사람이 직접 실험하고 보고서 쓰는 모습은 좋게 보이지도 않을 것이다. 사람은 그 나이에 맞는 모습을 갖춰야 한다. 그것이 바로 이 강의 분야일지도 모른다는 생각이 들었다. 이런 것이 바탕이 된지 모르겠지만 지금은 대학에서 내가 지금까지 해 왔던 엔지니어링 분야의 강의를 하고 있다. 2017년 처음으로 대학에서 실무 위주 강의가 필요하다고 해서 1년을 강의했다. 순수 이론보다는 그 이론이 실무에 어떻게 적용되는지를 가르치는 것이 그 분야에서 오랫동안 실무를 했던 강사가 할 일이라고 생각한다. 그리고 2021년부터는 정식으로 내 분야와 관련된 과목으로 강의를 하고 있다. 강의라는 분야는 매력이 있다. 매력이라는 것은 다름이 아니라 효율이 높다는 말이다. 내가 알고 있는 부분을 조금만 이론적으로 다듬으면 좋은 강의가 될 수 있다는 말이다. 그리고 그 과목은 한 학기를 하고 두 학기를 하다 보면 자신감이 생기도 실무에만 몰입했던 자신에게도 다시 이론을 공부할 수 있는 기회를 제공한다는 점에서도 그렇다. 부수적으로 많은 돈은 아니지만 그래도 본업 이외에 적잖은 수입이 보장된다는 면도 무시할 수는 없다. 공학 분야는 의외로 고전적인 학문이다. 내가 대학 다닐 때 배웠던 그 과목이 커리큘럼이 아직도 그대로다. 대학 때 배우고 실무를 20년째 하고 나니 이제 후배들에게 더 잘 전달할 수 있다는 자심감도 생겼다. 교학상장(教學相長)이라는 말이 멀리 있지 않다.

청소년 강의를 하는 이유

청소년진흥원 강사를 시작하고 일 년에 한두 달 기간에 중고등학교 두세 곳에 파견되어 강의한다. 한 학교당 2, 3일이니 1년에 많아야 열흘이 안 된다. 그리고 나면 강사들끼리 피드백을 하고 내년에는 조금 다른 강의안으로 다른 학교, 학년을 대상으로 강의를 준비한다. 해가 지남에 따라 매너리즘이라고나 할까? 그런 느낌에 빠졌다. 또 하나는 지금까지 내가 일하는 분야를 차라리 대학에서 강의를 하는 것이 더 속 편한 일인지도 모른다는 생각이 들었다. 청소년 강의는 대학생 이상의 성인 강의보다 훨씬 에너지가 많이 소모된다.

전문적으로 강의로 먹고사는 소위 생계형 전문 강사의 입장을 생각해 봤다(생계형 전문 강사는 다른 뜻이 있는 것은 아니고 내 생각을 더 사실적으로 표현하기 위해 내가 의도적으로 만든 말이다). 그 사람들도 많아야 서너 개의 다른 주제로 강의를 할 것이다. 강의 대상만 다르지 강의 내용은 그 서너 개 안에서일 것이다. 좀 지루하지 않을까? 그렇지만 그 사람들은 항상 열정에 넘친다. 아무리 생계형 강사라고 해도 다른 사람과 다른 어떤 동기부여가 있는 것이 틀림없다. 누구는 그것을 '돈'이라고 하지만 돈 이외에 가슴을 뛰게 하는 어떤 것이 분명히 있을 것이다.

생계형 강사가 아닌 나는 이 청소년 강의에 어떤 강력한 동기를 불어넣어야 하나? 사실 하루 7시간을 2, 3일 동안 강의한다는 것은 체력적으로 힘들다. 그렇다고 남들이 생각한 만큼 강사료를 받는 것도 아니다. 게다가 이런 강의가 일 년 열두 달 지속적인 것도 아니다. 일 년에 반짝 한두 달에 열흘 하는 것이다. 냉정하게 생각하면 내 입장에서는 하지 말아야 할 강의일지도 모른다. 커리큘럼 업데이트를 위해 정기적으로 만나야 하고, 개인 역량을 키우기 위해 관련 분야 책도 읽어야 한다. 공학에서는 아웃풋을 인풋으로 나눈 것을 효율이라고 한다. 이 청소년 강의는 효율이 아주 낮은 일이다. 아웃풋이 인풋보다 너무 작은 것이 문제다.

심적 효율을 높이는 것도 중요하다

중요한 것은 내 자신에게 강력한 동기부여다. 내가 청소년 강의를 통해 금전적으로 얻는 게 1년 수입에서 미비할 정도로 작고 그것조차도 식사비로 다 써 버리지만, 이 강의를 계속 열정적으로 하기 위해서는 꼭 해야 하는 도덕적인 이유나 심리적인 이유를 그럴듯하게 내 마음속에 각인시켜야 했다. 그래서 고민하고 고민해서 찾은 것이 학생들에게 자존감을 키워 주자는 것이다. 며칠 안 되지만 내가 세상에 먼저 태어나고 세상살이를 그 친구들보다는 한참이나 오래 했고 가깝게는 그 친구들과 나이가 엇비슷한 자녀도 있다. 세상이 '정'보다는 '시스템'으로 돌아가는 이 사회에서 학교폭력, 왕따 같은 것들이 일어나고 내가 가해자가 될 수도 있고 반대로 피해자가 될 수도 있다. 그런 사건에 엮어지면 전학을 가야 하는 불미스러운 일도 생긴다. 학교생활은 공부도 공부지만 친구들과 관계가 더 많은 부분을 차지한다. 이런 불미스러운 일을 겪으면 살아가면서 마음의 상처가 된다. 여기서 회복하고 못 하고는 전적으로 본인의 의지와 본인의 자존감이다. 자존감이 높으면 세상에서 어떤 부침이 와도 헤쳐 나갈 수 있다. 적어도 극단적인 생각은 하지 않을 것이다. 침체된 분위기를 다시 되돌리는 데는 자기를 존경하는 마음을 얼마나 갖고 있느냐다. 홀홀 털고 일어나는 것은 자기를 사랑하고, 내가 남보다 못하지 않다는 자신감이다.

그럴싸하다. 이제 내가 이 강의를 하는 동기는 '자존감, 내가 남보다 못하지 않다는 자신감을 넣어 주는 강사가 된다.'다. 강의 커리큘럼도 그쪽으로 변경했다. 강의 목표를 정해 두니 나에게는 강력한 동기부여가 되었다. 이제부터 나는 이 친구들이 나중에 커가면서 어려울 때 다시 평상으로 돌아올 수 있는 그런 마음을 가르치는 강사라는 생각으로 강의장에 들어선다.

처음부터 전문가에게 배워라

자신이 흥미를 지닌 분야의 일을 자신에게 맞는 페이스로, 자신이 좋아하는 방식으로 추구하면 지식이나 기술을 지극히 효율적으로 익힐 수 있다는 것을 깨달았다. 무라카미 하루키의 《달리기를 말할 때 내가 하고 싶은 이야기》에 나온 말이다. 자기에게 흥미 있는 아이템을 골랐다면 그 분야를 공부하는 게 당연하다. 책을 한두 권 보고 정리해서 남들에게 말하겠다는 생각은 잘못된 생각이다. 이런 강의는 하수들에게는 먹힐 줄 모르겠지만 인생도처유상수(人生到處有上手)라는 말이 있듯이 이 세상에는 그 분야를 깊이 알고 있는 사람들이 많다. 인생 도처에는 나보다 더 잘하는 사람이 많다는 말이다. 이런 잘난 사람들과 차별화하기 위해서는 어쩔 수 없이 강사의 경험이 담긴 강의가 되어야 한다. 특히 나 같은 공돌이들은 어떤 강의든지 공학과 연결이 되어야 하고 적어도 공학적인 근거들이 제시돼야 한다. 본인이 좋아하는 본인만의 방식으로 풀어 가야 한다.

전문가로부터 배운다

내가 원하는 분야를 가장 빠르게 배울 수 있는 방법은 그 분야의 전문가에게 배우는 것이다. 그 분야에서 강의를 오래 한 전문가에게 직접 배워야 한다. 당연히 그 방법은 적지 않는 돈이 든다. 그래도 이 방법이 가장 빠른 방법이며 깊이가 있다. 그 분야의 전문가는 자기가 아는 것을 숨기지 않고 전부 알려준다. 잘 모르는 사람이 숨기는 법이다. 정상에 있는 사람들은 그런 것이 없다. 어차피 다 알려 줘도 수강생 입장에서는 절반도 이해를 못 한다. 게다가 아직 실전 경험이 없기 때문에 어떤 게 중요한지를 모른다. 나도 그러는 편인데 2017년도에 대학원 강의를 맡은 적이 있는데 한 학기 강의가 끝나면 강의안이 필요하신 분들에게 학습 자료는 물론이고 그때그때 사용했던 동영상 자료까지 모든 강의안을 줬다. 다들 현업에서 일하니 만일에 필요하면 참고하라고 말하고 다 준다. 강의안 만들려고 고생한 걸 다 줘도 되냐고 묻는 사람이 종종 있는데 어차피 다 줘도 경험상 그 자료를 다시 보는 사람은 극소수다. 컴퓨터 어느 폴더에 둔 지도 모르는 사람이 태반이다. 전문가들에게 돈을 내고 배우면 수준 높은 AS도 가능하다. 모르면 물어보고 다시 찾아가도 흔쾌히 정보를 제공한다. 사람들이 말하는 소위 '선수'들은 배움에 싫증 내지 않고 가르치는 데 게으르지 않은 사람들이다. 누군가를 우선 '스승'으로 정했다면 철저히 배워야 한다, 만약에 그 스승이 책 저자라면 그 사람의 책은 다 사서 읽어 봐야 한다. 처음에는 표면적인 것만 알더라도 몇 번이고 듣고 읽다 보면 그 사람의 머릿속까지 알 수 있다.

어떤 책을 봤는지 추천해 달라고 한다

사람은 말로 본인이 아는 것을 다 설명해 줄 수는 없다. 학교 다닐 때도 보면 선생님의 수업 이후에는 혼자서 공부하는 자율학습이 반드시 필요하다. 원래 공부는 혼자서 하는 것이다. 혼자서 못하면 공부는 안 한 거나 다름없다. 들을 때는 알 것 같은데 직접 풀어 보면 이해가 안 되는 이유는 본인이 혼자서 고민하는 시간이 없어서다. 또 선생님에게 듣기만 하면 잊어버리는 것도 빠르다. 복습과 더 깊이 있는 문제집을 풀어 보는 것이 공부를 잘하는 방법이다. 강의도 이것과 같다. 전문가에게 큰돈을 주고 강의를 들었다면 그 분야의 책을 추천해 달라고 한다. 물론 나중에는 혼자서도 책을 찾을 수 있겠지만 처음에는 물어봐야 한다. 많은 책 중에 그래도 가장 바이블처럼 읽어야 하는 책이 뭔지를 소개받아야 한다. 그것부터 읽고 시작해야 한다. 강사라고 해도 책의 내용 중 30%도 말을 못 한다. 내 생각이지만 강의를 잘한다는 것은 내용이 논리적으로 전개가 된다는 말이기도 하다. 일반적인 사람은 남들 앞에서 즉흥적으로 말을 하지 못한다. 논리적인 전개가 필수적이고 그것을 뒷받침하는 것은 어쩔 수 없이 독서다. 한 가지 주제를 가지고 적어도 두어 시간 강의하려면 논리적이지 않으면 불가능하다. 책이라는 것은 기본적으로 논리적으로 써진 글이기 때문에 책을 읽다 보면 자연스럽게 전개 방식이 논리적으로 된다.

남 앞에서 말한다는 것은 화려한 파워포인트 능력이나 준비한 스크립트가 중요한 게 아니다. 내가 그 주제에 대한 스토리를 파악하고 있느냐가 제일 중요하다. 잘 알고 있는 분야는 2시간도 짧지만, 자신 없는 분야의 강의에 질문까지 받는다면 1시간도 하루처럼 길다.

책은 남의 생각을 자기만의 생각으로 받아들이기에는 더없이 좋은 도구다. 관심 있는 분야의 책들을 5권 정도만 사서 봐도 그 분야는 대강 알 수 있다. 관심 있는 분야를 정했으면 관련 책을 될 수 있으면 많이 봐야 한다. 특히 그 분야의 전공자가 아니면 더더욱 그렇다. 전공자라고 해서 그 분야의 모든 것을 잘하는 것은 아니다. 내가 기계공학을 전공했지만, 기계의 모든 부분을 다 알지 못하는 것과 같고, 의대 나온 의사가 사람 몸을 다 알지 못하는 것과 같다. 그 분야의 전문가가 당연히 더 많이 알겠지만, 일반 청중들은 그런 자세한 부분까지는 관심이 없다. 일반 사람들에게 다가가는 것은 그 정도의 높은 수준이 아닌 평범함보다는 조금 높은 수준이 필요하다, 그 수준을 제공해 주는 것이 책이다. 책에도 일정 양의 돈을 투자해야 한다. 정말 나에게 도움이 될 만한 책은 줄을 그어 가면서 메모해 가면서 봐야 한다. 아무리 통찰력 있다는 사람도 남들 10명의 생각을 이길 수는 없는 법이다.

책에는 논문도 포함된다. 논문이라는 것이 일반사람에게는 접하지 않는 최신 이론이라든지 최근에 검증된 방법이 들어 있다. 남들과 차별화하고 싶다면 당연히 관련 책에 관련 논문을 읽어야 한다. 남들 앞에 서는 본인을 꾸며야 한다. 말투와 외모도 꾸며야 하지만 일반 대중보다 더 전문적이라는 느낌을 받게 본인의 지식을 꾸며야 한다. 청중들은 재미가 제일 중요하다고 하는데, 전문성이 들어 있는 재미여야 한다.

강의 전체를 통째로 써 버린다

여건이 허락된다면 강의를 녹화해서 여러 번 들을 필요가 있다. 그때는 다 아는 것 같지만 들었던 강의 전체를 머릿속에 담아두기에는 불가능하다. 이럴 때 한 번 더 확인하는 방법이다. 요즘에는 동영상에서 음성만 따로 추출해서 들을 수도 있기 때문에 오디오파일로 만들어서 차에서 듣는 방법도 있다. 나도 쓰는 방법인데, 운전 중에 시간도 잘 가고 집중하다 보니 과속운전도 안 하고 괜찮은 방법이다. 물론 강의를 녹화한 것의 음성파일은 스튜디오에서 작업한 오디오북만큼은 못하지만 그래도 없는 편보다 낫다. 사실 녹화해서 다시 듣는다는 것은 쉽지 않다. 일반적으로 캠코더나 핸드폰으로 즉석에서 녹화를 하기 때문에 강의 전체를 담기는 불가능하다. 중간 중간 끊긴다거나 강사가 화면에서 사라지는 경우도 있어 집중하기가 어렵다. 무식한 방법이기는 하지만 개인적으로 그런 강의를 들으면 시간을 내서 그 강의 전체를 타이핑해 버린다. 한번은 하루 8시간 강의, 강의 이틀 분량을 전부 타이핑했다. 하루에 한 시간이나 두 시간씩 영상이나 오디오 파일을 돌려 가며 한 달 정도 걸려서 전부 타이핑해 버렸다. 지금 생각하면 제일 무모한 방법이지만 확실한 방법이다. 특히나 나같이 강의가 본업이 아닌 이상 거기에 많은 시간을 투자할 시간이 없다면 한번 강의를 듣고 한 번에 끝낼 생각을 해야 한다. 그냥 무식하게 통째로 써서 외워 버리는 것이다. 그리고 프린트해서 시간 날 때마다 계속 읽어 본다. 관련 분야의 책은 다 사서 틈틈이 읽어 가면서 정리하고 관련된 내용은 다시 타이핑해서 처음 타이핑한 강의파일에 첨부한다. 파일 용량이 늘어감에 따라 내용도 더 풍성해지는 것이다.

전문가에게 듣고 어떤 책을 가장 먼저 읽어야 하는지 소개받고 동영상을 보면서 그 분야의 전문가를 따라가는 연습이 중요하다. 어떤 사람은 똑같이 한다고 아류라고 할지도 모르겠지만 그럼 어떤가? 이런 방법으로 조금만 시간이 지나고 경험이 쌓이면 당연히 차별화된다. 거기에 본인이 하고 있는 일과 접목이 된다면 아예 다른 형태의 강의가 된다. 그러면서 천천히 내 것이 되는 것이다.

중요한 것은 시간을 어떻게 쓰느냐다

혼자서 사업을 하면 내가 하고 싶은 일 위주로 일을 진행하고 보고나 회의 같은 것들이 상대적으로 적기 때문에 시간이 생각한 것보다 많이 남는다. 이런 시간을 관리하지 않으면 핸드폰이나 인터넷에 빠져서 몇 시간을 보내기 일쑤다. 그런 시간을 보내고 나면 '또 시간을 낭비했다.'라는 자괴감이 들기도 한다. 그렇지만 사람이라 이런 행동은 자주 반복하게 된다.

일한다는 건 자신감을 유지하는 것이다. 사람은 일에서 자신에 대한 존재를 찾는다. 회사에서도 그렇게 상사에게 욕을 먹고 부서 간에 싸우고 회사가 다니기 힘들다는 등의 말을 입에 달고 살지만 그런 것도 본인 월급에 포함된 부분이고 그럼에도 불구하고 그런 속에서 자신이 오늘도 살아간다는 느낌을 받는다. 지금 내가 하는 소음, 진동 관련 일은 거의 20년을 해 왔다. 희소성이 있는 분야다. 일반인들은 잘 모르지만, 꼭 이 분야가 필요한 회사에서는 이 문제로 골머리를 앓고 있다. 이 말은 희소성이 있고 꼭 필요한 고객이 존재한다면 그만큼 단가가 높다는 말이기도 하다. 일반 가게처럼 정가를 받는 일은 아니다. 특히 까다롭고 손이 많이 가는 일일수록 가격은 높다. 손이 많이 간다는 말은 많은 데이터 중에서 의미 있는 데이터를 골라내고 그것은 통계를 바탕으로 처리하고 고객의 요구에 맞게 보고서를 쓰는 것을 말한다. 그렇지만 이런 일은 고객이 줄을 서서 기다리고 있는 것이 아니다. 큰돈이 들어가기 때문에 회사 입장에서는 많은 생각을 할 것이다. 특히나 나라 경제 상황이나 회사 상황이 안 좋으면 우선 보류해 두는 분야다. 예정된 일도 취소되고 지금은 어려우니 나중에 하자고 연기되는 일이 종종 있다. 많은 고민이 들지만, 이 상황에 마땅히 내가 할 일은 없다. 돈도 고민이지만 시간이 남는다는 것도 문제다. 예상치 않는 시간이 주어지면 행복할 것 같은데 이런 일이 자주 있게 되면 사람이 느슨해진다. 많은 책에서 사업을 하면 이런 시간을 주의해야 한다고 말하고 있다. 전적으로 동감하다. 그렇기 때문에 명함에 지금 하고 있는 직업 뒤에 '그리고'라는 접속사를 붙이고 다른 분야로 관심을 확장하고 있다.

우선순위를 세운다

항상 우선순위를 세워야 한다. 시간 관리 한다는 건 쉽게 말해서 '아이젠하워 매트릭스'를 세운다는 것과 같다. 한 번씩은 들어 봤을 시간 관리 도구다. 종이를 4등분해서 1사분면은 급하고 중요한 일, 2사분면은 급하지는 않지만 중요한 일, 3사분면은 긴급하지만 중요하지 않은 것, 4사분면은 긴급하지도 않고 중요하지도 않은 것을 적어 보는 것이다. 적고 나면 우리는 항상 2, 3사분면에서 방황하고 있는 것을 알게 된다. 중요한 것과 급한 것 중 어떤 것이 우선이냐에 대한 갈림길에 서서 방황한다. 이상훈의 《1만 시간의 법칙》에는 우선순위를 고르는 방법에 대해서 말하고 있는데 "지금 내게 필요한 것은 뭔가? 가장 중요한 것을 골랐다면 나머지는 과감히 포기할 수 있어야 한다."라고 했다. 우선은 시간을 다투는 긴급한 일을 당연히 먼저 해야 하다. 우리가 급하고 중요하지 않은 일에 매달리는 이유는 주도적이지 못해 시간이 촉박하기 때문이다. 일에 대한 주도성을 가진다면 긴급한 일은 그리 많이 발생하지 않으니 중요한 일을 먼저 할 수 있다. 급하지는 않지만 중요한 일을 지속적으로 세우고 하나하나씩

제거해 가는 일을 해야 한다. 2사분면에 있는 일이 많다는 것은 역설적으로 미래의 계획이 뚜렷하다는 것이기도 하다. 예를 들면 인간관계, 인생 목표, 장기적인 사업 계획 같은 것들처럼 미래에 자신이 어디로 가야할 지를 알고 있는 것이다. 피터드러커는 성공한 사람은 당면한 문제가 아니라 미래기회 위주로 생각한다고 말했다. 2사분면에 있는 것이 지금 하고 있는 사업의 확장이든지, 연계되는 일이든지, 아니면 아예 다른 일이든지 상관은 없다. 본인의 계획이 있다는 그 자체가 중요하다. 급하지는 않지만 중요한 일이 위치해 있는 2사분면의 계획이 하나하나씩 지워지고 또 다른 계획이 채워지면서 성장하는 것이다.

나의 2사분면은 뭘까?

지금 나의 1사분면은 당연히 소음 진동일이다. 이것은 생계에 대한 문제기 때문에 무엇보다도 우선한다. 그다음 중요한 2사분면은 책 읽기다. 일 년에 100권이 목표다. 물론 계획한 100권은 지켜지지는 않는다. 근접하게 갈 뿐이다. 재작년보다는 작년이, 작년보다는 올해가 더 목표치에 가까워진다.

나의 2사분면에는 여러 개의 일이 있다. 대부분이 공부하면서 그 공부를 세상에 다시 써먹는 일이다. 조금 과장되게 들릴지 모르겠지만 공부한 것으로 돈을 벌지 못하면 그 공부는 헛것이라고 개인적으로 생각한다. 언젠가 어떤 글을 보다가 스라벨이라는 단어를 처음 접했다. 워라벨이라는 말은 일과 삶의 조화라는 말인 워크 앤 라이프 밸런스의 약자라고 한다면 또 다른 신조어로 스라벨이라는 개념도 있다. 스라벨은 '스터디 라이프 밸런스'라는 말의 약자라고 한다. 풀어 보면 배움과 삶의 균형을 잡자는 말이다. 살아가기 위한 공부, 여가생활을 하는 공부를 하는 사람들이 스라밸을 추구하는 사람이다. 살아 보면 모르는 분야를 공부해서 적용해야 할 일도 많고 지금까지 못 배웠던 분야에 관심을 가지는 시기도 있다. 결국은 평생 공부를 해야 한다는 뜻이다. 2사분면의 첫 번째는 글쓰기다. 2016년 가을부터 새벽마다 글을 썼다. 이 그들이 모여서 책으로 나왔으면 더없이 좋겠지만 나오지 않더라도 내 생각을 정리하는 데는 이만큼 좋은 도구가 없다. 이 시간만큼은 내가 마음대로 생각할 수 있는 시간이다. 그렇지만 글쓰기도 스킬이 필요하다. 가장 좋은 글쓰기는 나만의 평범한 이야기를 평범하게 쓰는 것이라고 한다. 평범하면서 공대생을 위한 글쓰기가 관심사다.

　다음은 강의안 만들기다. 내가 남들에게 말하고 싶은 분야의 강의안을 만드는 것이다. 지금 내가 천착하고 있는 분야는 대학전공 강의를 제외하고 이공계생을 위한 특강, 독서분야다. 향후 10년을 더 관심을 가지면서 더 성숙해지길 원한다. 일하면서 시간을 어떻게 내 편으로 만들 것 인가가 제일 중요하다. 막연하게 열심히 일하는 것은 낭비다. 더 편하게 효율적으로 일을 하면서 남는 시간을 미래를 위해 사는 것이 사업을 하면서 미래에 대한 긴장감으로 사는 방법이다.

이 또한 지나가리라

이 말은 유대교에서 구전으로 내려오던 성경 본문을 해석하고 설명한 주석서에 나온 말이다. '다윗왕의 반지' 이야기다. 이스라엘의 다윗 왕이 보석을 세공하는 사람을 불러 다음과 같은 명령을 내렸다고 한다. "내가 항상 지니고 다닐 만한 반지를 하나 만들고 그 반지에 글귀를 새겨 넣으라. 글귀 내용은 전쟁에서 승리하거나 위대한 일을 이루었을 때 그 글귀를 보고 우쭐해서 하지 않고 겸손해질 수 있어야 한다. 또한, 견디기 힘든 절망에 빠졌을 때 용기를 주는 글귀여야 한다." 세공사는 최고의 반지를 만들었지만 어떤 문구를 써야 다윗 왕의 마음에 들지를 몰랐다. 그래서 그 당시 지혜롭다는 다윗의 아들인 솔로몬을 찾아가 조언을 구했다. 솔로몬이 말했다. "This too shall pass away(이 또한 지나가리라)."라고 써넣으라고. 지금의 작은 성공이 영원하지 않듯이 지금의 불행도 곧 지나가리라는 미래에 대한 믿음을 주는 문구다.

지금은 대부분에 사람들에게 비상 상황이다

중국 '우한'에서 시작된 폐렴이 '코로나19'라는 이름으로 바뀌었다. 그러다가 갑자기 한국에서 크게 유행하더니 지금은 전 세계적으로 확산하면서 아침이면 어느 나라는 몇 명이 사망했네 하는 뉴스를 먼저 보면서 하루를 시작한다.

아들, 딸은 작년에 학교 개학이 미뤄져서 처음에는 좋아하더니만 지금은 1주일 등교에 2주 자가 학습을 하니 집에만 있기가 좀이 쑤시는 분위기다. PC 방에 자주 가는 아들, 코인노래방에 자주 가던 딸은 이제 그런 곳을 못 가니 핸드폰과 한 몸이다. 어른은 어른대로 힘들다. 학원을 운영하는 후배는 학원 운영이 어려워졌고 학교에 식자재를 납품하는 선배는 직원들 월급을 걱정하는 단계에 이르렀다. 제일 힘들게 하는 건 난리 통이 언제 마무리될지는 아무도 모른다는 것이다. 마지막을 모르니 어떻게 대처해야 할지 계획조차 세울 수 없는 것이 가장 큰 걱정이다. 예전에 다녔던 회사는 반강제적으로 매주 금요일을 무급 연월차로 쉬고 있다. 온 세계 경제가 스톱 상태니 공장에서 뭘 만들어도 팔리지 않고 재고로 쌓인다. 강의로 먹고사는 사람들은 모든 강의가 취소됐다고 아우성이다. 시립도서관에서 열고자 했던 강의도 안정화될 때까지는 무기한 연기 상태다. 소강상태면 열리고 다시 확진 환자들이 많아지면 문을 닫는다. 내가 사는 지역만 해도 도서관 강의가 100개 이상은 될 성싶은데 강의를 맡은 강사들은 당장 생계를 걱정한다.

언젠가는 지나가리

공장이 돌아가고 투자가 이뤄져야 나 같은 기술용역이나 제품 판매를 하는 사람이 수익이 생기는데 올해는 예전만 못하다. 강제 휴식을 받은 상태다. 할 일이 별로 없다. 움직여야 돈을 버는 직업인데 움직이지 않으니 시간만 많이 남을 뿐이다. 시간이 많이 남으면 못 봤던 책이나 읽고 글이나 많이 쓰면 될 것 같았다. 그렇지만 자판을 두드린 지도 적어도 한 달은 넘은 것 같다. 모든 것이 시간이 많고 적음이 아니라 마음가짐이 문제다. 우선 주변 상태가 불안정하니 마음이 불안한 것이다. 당연히 어떤 책을 읽을 때나 글을 쓸 때도 정신이 모아지지 않는다. 눈으로 책은 보지만 마음은 하늘에 떠 있다. 글을 쓰려고 해도 앞 문장이 다음 문장을 자연스럽게 이끌고 와야 하는데 따로따로다. 그만큼 잡생각이 많다는 것이다. 생각해 보면 지금까지 어떤 새로운 일을 했을 때는 바쁨 속에서 생각이 가지를 치고 바쁜 시간을 쪼개 가면서 어떤 일을 시작하고 진행하고 완성했다. 갑자기 많은 시간이 한꺼번에 주어지면 감당이 안 된다. 아이러니다. 결국 시간이 문제가 아니라 마음이 문제다. 집에서는 '그러지 않아도 된다.', '좀 쉬어 가도 된다.'라고 말을 하지만 가정에 어느 정도의 생활비를 벌어야 하는 것은 한국의 모든 남자의 짐이자 의무다. '비단 나뿐이겠는가?' 하고 다독거려 보지만 인간은 지극히 이기적인 동물이라 본인에게 닥친 상황만 생각나고 그것이 조바심을 부른다. 사실 이 시국에 내가 할 수 있는 일은 거의 없다. 그냥 마음 편하게 기다리고 나중에 나무를 벨 때 쓸 도끼를 갈아놓는 일이 전부다. 이 시국이 끝날 때 폭풍이 지나갔을 때 다시 설 수 있다. 다시 마음을 추스르고 어떻게든 일상을 패턴의 반복으로 만들어야 한다. 특히나 지금은 온 세계가 코로나로 멈춰 있는 시기다. 일이며 강의며 모든 것이 스톱이다. 이제 '소음 진동 엔지니어 그리고 작가 그리고 강사 그리고?' 네 번째 직업을 찾아야 할지도 모른다. '언젠가는 지나가리라'라는 솔로몬의 말을 믿고 기다리기에는 불확실한 시대가 되어 버렸다. 이제는 코로나 이전의 시대로 돌아갈 수 없을 것이라고 누구나 알고 있다. 예전처럼 웃고, 떠들고, 사람 만나고, 부대끼는 상황은 한동안 안 올 것이라고 한다. 이제 경제생활의 패턴도 바뀌어야 한다고 말하긴 하는데 누구 하나 뚜렷한 대안이 없다.

이제는 또 다른 시대의 흐름을 타야 한다

다시 돌아갈 수 없다면 적어도 시대에 부응해서 살아야 한다. 미래는 원래 불확실성이 존재한다. 불확실하다는 말은 많은 가능성이 있다는 말이고 그 가능성을 보기에 우리 삶은 더 다이나믹하고 살아 볼 만한 가치가 있는 것이다. 밀란 쿤데라의 유명한 작품《참을 수 없는 존재의 가벼움》이라는 책에 이런 문구가 나온다. "모든 것이 일순간, 난생 준비도 없이 닥친 것이다. 마치 한 번의 리허설도 없이 무대에 오른 배우처럼. 그런데 인생의 첫 번째 리허설이 인생 그 자체라면 인생에는 과연 어떤 의미가 있을까? 우리 인생이라는 밑그림은 완성작 없는 초안, 무용한 밑그림이다. 인간의 삶이란 오직 한 번뿐이며 모든 상황에서 딱 한 번 결정을 내릴 수 있기 때문에 과연 어떤 것이 좋은 결정이고 나쁜 결정인지 결코 확인할 수 없다."

엔지니어로서의 1인 사업은 우선 내 기술 하나에 의지해서 시작하고 그 기술이 사장되기 전 새로운 도약을 해야 한다. 그렇지만 그때의 결정은 그때 내릴 수 있는 딱 한 번의 결정이고 그 결정으로 다음의 5년, 10년을 지속하는 것이다. 100m 달리기를 하다가 넘어졌다고 해서 인생이 어떻게 되는 것도 아니고 1등 했다고 인생이 성공한 것도 아니다. 인생은 단거리가 아니라 마라톤이라고 하지 않는가? 중요한 것은 내가 원하는 결승점까지 완주하는 것이다.

엔지니어 파워 업

ⓒ 강태식, 2021

초판 1쇄 발행 2021년 4월 9일

지은이   강태식
펴낸이   이기봉
편집   좋은땅 편집팀
펴낸곳   도서출판 좋은땅
주소   서울 마포구 성지길 25 보광빌딩 2층
전화   02)374-8616~7
팩스   02)374-8614
이메일   gworldbook@naver.com
홈페이지   www.g-world.co.kr

ISBN   979-11-6649-549-6 (03810)